AL OTRO LADO

MERITXELL BAZ

Cover designed by

Jessica Shou

Art | Design | Illustration

www.jessshou.com

Al amor de mi vida, que hace que todo merezca la
pena

Al otro lado

Prólogo

Dicen que hay muchas oportunidades en la vida. Que la realidad tiene muchas alternativas. Que hay varias realidades, incluso paralelas. Pero, sobre todo, dicen que la vida tiene muchos lados. Como las personas. Hay personas buenas y malas. Hay personas con un pasado oscuro y otras no tanto. Otras incluso son tan ingenuas que creen que han tenido un buen pasado. Con la vida es lo mismo. Dicen que, en la vida, o realidad, como quiera llamarse, puede haber varias opciones o lados a elegir. Hay quien elige el lado bueno y otro el malo. En la vida también puede haber el lado oscuro y el lado claro. Se dice que nosotros vivimos en el claro. Y que la oscuridad llega al caer la noche. Aunque eso, claro está, tampoco es del todo cierto, ya que incluso en la oscuridad más remota hay luz. Al caer la noche siempre quedan las estrellas y la luna, aunque no se vean, ahí están. Brillando para nosotros. Haciendo que no haya oscuridad en nuestro camino.

Así pues, ¿Qué se puede decir del otro lado? Dicen que quien entra no puede salir. Otros que lo han conseguido no han podido soportarlo y han vuelto a caer. Pero... ¿Es realmente el otro lado tan malo como dicen? ¿Realmente estamos en el lado claro de la vida? ¿Con todas las guerras, enfermedades... Y muerte que nos rodea? ¿Realmente estamos a salvo del otro lado?

¿Realmente existe? ¿Qué pasa si caemos al otro lado y no podemos salir? ¿O cómo sabemos si estamos al otro lado? ¿Cómo se podría definir esa realidad? ¿Porque es real... Verdad?

Dicen que es fácil llegar, pero muy difícil salir. Lógico, como casi todas las "malas" cosas de este mundo. Pero tal vez el otro lado no sea sino un lugar en el que abrir los ojos y darse cuenta de la perspectiva que nos rodea. Quien sabe...

La cuestión es que se puede llegar al otro lado. Existen muchas leyendas. Sobre todo en los pueblos pequeños y alejados como el mío. Dicen las leyendas que en el pueblo de al lado habitan las almas malditas de los que quedaron atrapados. Tal vez debería explicarlo con más claridad. Todas esas leyendas de pueblos abandonados... Casas perdidas... fantasmas aparecidos... ¿Y si todo eso realmente existiera y estuviera más cerca de lo que creemos? Dicen que en aquel pueblo, las pesadillas te consumen, y que puedes llegar al otro lado con más facilidad. Dicen que aquella realidad es escalofriante. Yo nunca creí en aquellas historias. Pensaba que todo eso eran leyendas para espantar a los turistas. Pero quizá las maldiciones existan después de todo. Y quizá haya almas vengativas que disfruten corrompiendo a las almas buenas. Quizá deberíais verlo vosotros mismos y juzgar después. Tal vez vosotros estéis en el otro lado y aún... No os habéis dado cuenta. La cuestión es... ¿Podréis salir?

Realmente... La vida nos enseña muchas cosas. Muchas cosas y me pregunto para qué. En la escuela no nos enseñan las cosas útiles. Lo que realmente se debería aprender. Seamos surrealistas, tendrían que enseñarnos a amar, a no odiar, a tolerar, a perdonar, a producir... Y... Siendo realistas, a coser, a cultivar, a sanar... no sé. Cosas que deberían ser verdaderamente útiles en la vida. Cuando me di cuenta de todo esto... poca utilidad tenían las matemáticas de la escuela, la física, o la literatura.

Cuando estás metido hasta el fondo en un barranco... Salir puede ser mucho más difícil que entrar. Supongo que eso es algo básico, es solo que pensaba que en la vida te darían muchas más oportunidades y menos patadas en el culo. Supongo que estaba equivocado. También supongo que era un soñador. Soñaba con muchas cosas. Soñaba en las oportunidades que te brindarían una vez consiguieras lo que te propusieras... Y pronto también aprendí que los sueños, sueños son. Y que la dura realidad no te va a perdonar los sueños en los que se viven. Esos sueños pueden convertirse en pesadillas. Sobre todo cuando se vive demasiado de ellos. Yo tenía un sueño. Ese sueño era mi esposa. Y mi esposa fue mi perdición.

No quiero sonar melodramático, pero me pregunto cómo habrían sido las cosas si nunca nos hubiéramos conocido. Supongo que esos hipotéticos casos nunca son aconsejables de imaginar, pero... ¿Realmente se habrían podido evitar algunas cosas del futuro? No lo creo. Todo pasa por alguna razón. Antes no creía en el destino, pero... Está claro que alguien maneja los hilos desde algún lugar. Y ese alguien disfruta de lo lindo cada vez que ve caer a alguien en el barranco. Ese alguien... Me encontró una vez.

Capítulo 1

Ashland, 14 de agosto, 2004

-   Te he dicho que me sueltes, no quiero saber nada más de ti, Te odio. No me sigas. Ojalá no te hubiera conocido nunca. Jamás debí haber salido contigo.

-   ¿Pero qué dices?

-   Que no quiero saber nada más de ti, te odio. IMBÉCIL. ¡TE ODIO!

Carol bajó del coche sin mirar atrás. Acababan de discutir en medio de la noche, y todo lo que quería hacer era largarse a casa. Sintió la puerta abrirse y cerrarse bruscamente tras de sí. John salió tras ella en cuanto vio que caminaba hacia la carretera sin darse cuenta de lo que pasaba alrededor.

Era una noche cálida, en aquella región el suelo siempre permanecía caliente debido a las ruinas del pueblo abandonado que andaba cerca. Ahora ese lugar abandonado era tabú. Nadie debía ir allí. Corrían muchas leyendas y la historia del poblado no era de lo más tranquilizadora para el momento.

Aparecieron dos luces en medio de la noche. Dos luces enormes que se acercaban a gran velocidad.

-   ¡Carol!!

Carol se giró una última vez hacia John.

-      ¿Es que no ves que no quiero saber nada más de ti? ¡Olvídame para siempre!! No quiero...

Sintió como un escalofrío le recorría el cuerpo. Un camión se llevó por delante a John, todo lo que pudo ver fue su cuerpo aplastado como si fuera un muñeco, mientras la sangre le salpicaba el vestido que él le regaló en su segundo aniversario...

El camión no se paró. Ni se dio cuenta de que aquel 14 de agosto de 2004, dos jóvenes habían salido de casa en medio de la noche y uno de ellos ya no regresaría nunca.

Capítulo 2

Ashland, 14 de agosto, 2007

Carol salió del trabajo con una sonrisa. Hacía tres años que siempre sonreía, no importaba cuál era la situación. Tenía 22 años y trabajaba en una tienda que organizaba viajes turísticos. Su vida era tranquila, aunque también bastante solitaria. Se relacionaba con gente, pero desde hacía tres años parecía como vacía. Toda su vida había dado un giro repentino y no sabía muy bien cómo debía reaccionar. Aparentemente, parecía una mujer muy segura de sí misma, pero por dentro tan solo era un cascarón vacío. La verdad es que hacía tres años que nunca sonreía de verdad, ni tampoco decía lo que pensaba en realidad, tan solo se limitaba a vivir el día a día, decidida a no ilusionarse con nada, ya que realmente nada merecía la pena.

Era un día soleado. El tiempo había precedido un día tranquilo y sin nubes, con una magnífica noche estrellada. Sin embargo, aquel día... aquel día era un día especial.

Carol se sentía extraña. Su cuerpo estaba tenso y la invadía una cierta melancolía. Acarició su anillo dorado y se mordió levemente las uñas mientras caminaba hacia su casa. Vivía en un apartamento sencillo. Tan solo tenía dos habitaciones, el baño y el comedor estaba unido a la cocina, estilo barra americana. No tenía animales de compañía. Había tenido un perro, pero el 14 de agosto de 2005 se marchó. Lo mismo le había pasado con un gatito que le regalaron, desapareció el mismo día del año siguiente, al igual que un pececillo que compró pocos días antes, no creía que el gato quisiera comerse al pez, pero, poco importó, el gato desapareció y al pez lo encontró fuera de la pecera, muerto. Desde entonces decidió vivir sola.

Su madre había ido a verla, lo sabía porque las flores abundaban en agua y tenía una nota sobre la mesa. Se encogió de hombros. Carol sabía que las flores se marchitarían ese mismo día. Cada año pasaba lo mismo. El 14 de agosto pasaba alguna desgracia. Las cosas que ella valoraba desaparecían. También ocurría en los días posteriores. No cesaba de oír gemidos, ruidos, amenazas, lamentaciones... pero sobre todo pasaba con las azaleas[1]. Tenía varios tipos de flores, azucenas, caléndulas, eglantinas, geranios, lilas... pero por alguna razón las azaleas quedaban completamente deshechas.

Suspiró. Sabía que no podía hacer nada para impedir que sucediera. Había pensado en trasladarse de ciudad o incluso de país, pero temía que eso fuera

---

[1] Azalea: simboliza el romance, la fragilidad y la pasión
Azucena: simboliza el corazón y espíritu inocente, pudor y delicadeza
Caléndula: simboliza la calma ante las dificultades
Eglantina: simboliza que el amor y el sufrimiento irán juntos
Geranio: simboliza el cariño y la harmonía
Lilas: simboliza el primer amor, la inocencia y la juventud

inútil, y todo lo que le importaba, lo poco que le quedaba, estaba en esa ciudad.

Si tres años antes hubiera sabido tantas cosas como ahora, podría haber evitado muchas cosas... podría haber corregido tantas otras, y podría haberse callado muchas más... Las lágrimas inundaron su rostro y se derrumbó sobre el sofá, agarrando la carta de su madre. ¿Qué noticias le daría esta vez? ¿Quién habría sufrido daño? Todo pasaba por su culpa y ella no podía hacer otra cosa que lamentarse. Todo había pasado por su culpa y ella tendría que sufrir las consecuencias durante el resto de su vida.

Capítulo 3

"Querida hija

¿Cómo estás? Hace mucho que no pasas por casa. Deberías pensar en volver, te echamos mucho de menos, especialmente Jane. Se pasa el día llamándote ¿No piensas venir a verla? Tu padre está como loco, quiere divorciarse si no le digo donde te encuentras... y tiene todo el derecho del mundo a saberlo... Debemos verte pronto... aunque sea una vez. Por favor. Te queremos Carol. Sé que... sé que es duro para ti, pero... Ya han pasado tres años. ¿Por qué no lo superas de una vez?

Perdona hija...no quería escribirte esto, te he dejado algo encima de la mesa. Lo he encontrado tirado en el suelo de tu puerta. No sé qué significa... creía que lo habías perdido junto con...

Hija mía... ¿Por qué no me explicas de una vez lo que pasó? Sabes que te apoyaré, pase lo que pase... ¿Por qué no confías en mí?

También te he dejado la cena en el microondas. Un beso, Carol,

Te quiere,

Tu Madre"

Carol suspiró. ¿Qué es lo que se supone que había perdido? Hace tres años ella... John... Negó con la cabeza. No quería recordarlo. Era demasiado duro para ella. No había podido superar la muerte de su amor. Sabe dios que lo había intentado, pero siempre había algo que le recordaba a él... Y... el 14 de agosto... ¿Por qué siempre le pasaban desgracias? ¿Para recordarle lo mala persona que había sido? Ella no era supersticiosa, sin embargo, había algo raro en todo aquel asunto... Y probablemente estaba relacionado con el suceso acontecido tres años antes. Pero era inútil. Cada vez que intentaba recordar le entraban ataques de ansiedad y pánico, y lo único que conseguía era estar en cama unos días. Su corazón no podía soportarlo y su mente le reprochaba una y otra vez lo sucedido.

- Si tan solo hubiera podido...

Pero era inútil. Volvía a la conclusión de siempre. John estaba muerto y no iba a volver.

Se dirigió a la mesa para ver qué era lo que había encontrado su madre, y se sorprendió al comprobar que se trataba de un collar que, efectivamente, había perdido tres años antes. No podía ser...

Cogió el collar y lo miró con atención, lo tocó. Estaba caliente, tenía forma de corazón y era plateado. Si no se equivocaba... dentro tendría que estar la foto de John. Lo abrió y encontró su propia fotografía mirándola.

- No puede ser, ¿Este es el medallón que tenía John? Que... ¿Por qué está aquí?

Lo tiró al suelo, asustada, ya que de repente se puso a quemar... Y luego helado... Como los últimos momentos del cuerpo de John...

Se apretó con fuerza la mano contra el pecho, escuchando los latidos de su corazón, yendo cada vez más deprisa, sin parar. ¿Qué estaba pasando? ¿Por qué estaba ese colgante ahí? No podía ser.

-     Cálmate, esto debe ser una broma de mal gusto, tan solo eso. No puede ser el verdadero, porque el verdadero está...

De nuevo la respiración entrecortada. No era capaz de terminar la frase. Se fue hacia la habitación y se tumbó en la cama. Solo necesitaba descansar. Nada de lo que había sucedido era real. Probablemente, estaba soñando despierta y cuando abriera los ojos se encontraría de nuevo en la oficina. Negó. Sabía que tan solo se engañaba a sí misma, intentando huir de la realidad. El medallón estaba ahí. En su comedor, en el suelo...

¿Qué había pasado con el medallón? Recordó haberlo lanzado por la ventana... No... Se le había caído... Era inútil. De nuevo, al intentar recordar aquella noche, perdió el conocimiento.

-     "¿Por qué estás huyendo? ¿Por qué no afrontas la realidad? ¿Dónde está John, Carol? Tú le mataste. Le abandonaste..."

Carol despertó tras sentir una respiración a su lado. ¿Qué había sido esa voz que sonaba en su cabeza? Se giró hacia el otro lado de la cama y vio a John tumbado a su lado, como siempre había estado... dormía profundamente y él levantó su mano para acariciarle la cara, como solía hacer mientras dormía... A su lado...

-    ¡No!

Carol se levantó de golpe asustada. John no podía estar a su lado. Estaba muerto, entonces... ¿Quién era él? Se aferró a la pared y tomó la lamparilla de noche como arma, apuntando al cuerpo que descansaba junto a ella unos momentos antes.

-    ¿Quién eres? ¿Cómo has entrado?

El chico se levantó, mirándola incrédulo y se acercó unos metros.

-    ¡Quieto! ¡Te he preguntado quién eres!

El chico sonrió en una mueca extraña. Sin embargo, no cabía duda, esa mirada, esa sonrisa... Era John... su John.

-    Carol... Cielo. ¿Qué sucede? Parece que hayas visto un fantasma...

Carol palideció, el corazón le latió con rapidez de nuevo y se desmayó.

Se despertó al cabo de unos minutos, estaba tumbada de nuevo sobre la cama y una mano cálida le acariciaba la frente... Abrió los ojos y John seguía allí. Carol se incorporó de golpe, mirándole fijamente. John le devolvió la mirada con sus ojos verdes. Sin duda era él. Pero no podía ser...

- ¿Qué... Quién?

- Sh....- le puso un dedo en la boca, mandándola callar – descansa. ¿Qué es lo que te pasa cielo? Realmente parece que hayas visto un fantasma, estoy aquí. ¿Cuál es el problema? ¿No querías que volviera?

Carol enmudeció observándole, no podía creerlo, deslizó su mano hacia su cara para acariciarle, pero entonces él se apartó, y de repente su mirada tomó un tono hosco y sombrío.

- Ah... No... es cierto. Tú no querías que volviera... Tú me odiabas. Querías que me fuera para siempre... Y lo conseguiste, ¿No es cierto?

Carol le miró, sus ojos empezaron a echar lágrimas desesperadas.

- ¡No! No es cierto... John yo... ¿De verdad eres tú? ¿Estás vivo? ¿O acaso he muerto yo?

John sonrió de nuevo, pero esta vez de una forma maliciosa.

- Ojalá hubieras muerto tú.

Carol tragó saliva.

- ¡No! John yo te...

- ¿Qué? ¿Me odiabas? Lo sé. No hace falta que lo repitas.

- ¡No! ¡Yo...!

-      ¡Cállate! – John levantó la mano y Carol agachó la cabeza. – me pones enfermo. No debería haber venido. Sabía que me odiabas, sin embargo... pensaba que durante todo este tiempo habrías cambiado... veo que me equivocaba...

Carol lloraba en silencio mientras le observaba. Sin duda era John, parecía haber vuelto del más allá con toda la furia y la venganza de los muertos. Su cuerpo estaba algo demacrado y su cara tenía una mirada de haber acumulado odio durante mucho tiempo...

No, eso no podía ser.

-      Estoy soñando... tú no eres real... John está muerto...

John se abalanzó sobre ella, tirándola contra la cama, poniendo su cara muy cerca de la suya, mirándola con dureza y soltando las palabras lentamente, de forma que ella comprendiera.

-      Aquella noche tú me mataste, ¿Recuerdas? Y deberías haber sido tú la que debías haber muerto...

-      ¡No! John escúchame.

John negó, agarrándola con más fuerza.

-      Lo que pasó aquella noche... ¿Por qué no quieres recordarla? Es porque sabes muy bien que fuiste tú. ¡TÚ la que me mataste! Estos tres años han sido muy duros... Pero aquí estoy... ¡Para que recuerdes de una vez!

Carol negaba a la vez que notaba como sus latidos se aceleraban de nuevo y no podía contener las lágrimas.

-	Y no quieres aceptarlo. Es por eso que huyes de la realidad. Huyes de todo lo que pasó.

-	No es verdad... yo no te maté... ¡Fue un accidente John! ¿Es que tú tampoco lo recuerdas?

-	¿El qué? ¿Cómo me gritabas lo mucho que me odiabas? ¿Cómo me gritabas que querías que desapareciera de tu vida? ¿Estás contenta? Ya lo has conseguido...

-	¡No! Yo no quería eso de verdad.

-	¿Entonces? ¿Qué ocurrió aquella noche Carol? ¿Qué pasó? ¿Qué fue lo que paso?? ¿Por qué no me ayudaste? ¿Por qué me abandonaste? ¿Por qué me odiabas? Si no tienes las respuestas ya no quiero esto. Te lo devuelvo.

John cogió el medallón y se lo lanzó a la cama.

Carol se desmayó de nuevo.

Cuando despertó eran las diez de la noche. Se fue al baño. Estaba empapada en sudor y ducharse era lo mejor que podía hacer. De esa forma también podría aclararse las ideas. ¿Qué había pasado? ¿Por qué había soñado con John de aquella manera? Sabía que tenía que superar su muerte de una vez, pero soñar de aquella forma tan cruel... Ella no quería recordarlo así. Hubiera preferido soñar con él mirando las estrellas... besándole... notando como sus manos rozaban sus muslos suavemente mientras intentaban escalar hacia la cumbre, poco a poco y tímidamente, llegaban al Apocalipsis... haciendo el amor como solían hacer frente aquella colina... frente a...

Se puso un camisón, la bata e hizo la cama. Un sonido metálico se oyó al caer al suelo. Lo miró y pudo ver que se trataba del medallón. Lo sostuvo en sus manos y estaba templado.

-       No puede ser... acaso... ¿No ha sido un sueño?

Miró una fotografía que tenía junto a la mesilla. Se trataba de una foto que fue tomada en su primera cita. John y ella salían abrazados con el lago de fondo. Cuando aún se podía pasear por aquel pueblo. Bueno, no es que se pudiera pasear exactamente, pero entrar a hurtadillas sin peligro alguno sí. Se conocieron en aquel lugar. Cerca de la carretera que ahora se consideraba encantada. Tan solo tenían 14 años y era la noche de Halloween. Los mayores les habían prohibido ir a aquel pueblo porque decían que estaba maldito y todo aquel que fuera allí seria preso de los horrores más increíbles que pudieran existir, pero... ¿Qué sucede cuando le prohíbes algo a un niño? Los jóvenes solían ir allí a menudo, John y Carol se conocieron en aquel paraje, el 14 de agosto, a las doce de la noche. Y por extrañas coincidencias de la vida, 5 años más tarde, sería en aquel mismo lugar donde ocurriría el trágico accidente...

Pero... ¿Sería cierto que todo eso eran tan solo casualidades? La verdad es que desde que se conocieron solo volvieron a aquel pueblo 2 veces, la segunda vez fueron para fotografiarse junto al lago. Su primera cita, sin embargo, aquel día no les pasó nada en especial... Que ella recordara por el momento. Como ya había dicho antes, tan solo fueron para tomarse unas fotos...

El primer día que fueron... aquel día si les pasó de todo, desde niebla espesa y figuras extrañas por el pueblo y gente que les perseguía gritándoles, hasta un calor y un incendio que parecía el mismísimo infierno. Y luego... fue la noche en que John murió. Pero no llegaron a entrar allí. Estaban en las afueras, quizás un poco más cerca de lo habitual, pero... ¿Tan cerca? ¿Sería que 5 años antes el pueblo les estaba advirtiendo de que se fueran? ¿De que no volvieran? ¿O es que las almas en pena odiaban que se amaran de aquella manera tan intensa? ¿Realmente estaba encantado? ¿Realmente acercarse causaba maldiciones? La verdad es que ella y John se habían acercado algunas veces a aquella carretera para poder enrollarse. Como nadie se atrevía a ir, era el sitio más seguro para poder hacer el amor en el coche. Si bien era cierto que una extraña niebla los acababa envolviendo, nunca se fijaban demasiado en esos detalles. Y es que... estaba claro que ambos andaban por otra labor.

Sin embargo, aquella noche... aquella noche no hicieron el amor. Se pelearon, ella perdió el colgante y John murió. ¿Qué es lo que había pasado? ¿Por qué el medallón había aparecido en su casa? ¿Por qué había soñado con John de aquella manera tan extraña?

Eso es. Tal vez aquella era la solución. Si la noche del 14 de agosto volvía al lugar, tal vez se le pasara el miedo. Así se demostraría así misma que todo seguía igual. Que solo eran imaginaciones suyas. Y que el medallón tan solo era una casualidad. Quizá alguien lo hubiera encontrado y se lo hubiera dejado en la puerta al ver su foto. Pero no estaba muy segura. Alguna cosa le decía que debía volver. Desde que el 14 de agosto no había vuelto a aquella colina, tan solo le habían sucedido cosas extrañas. Y lo único que había conseguido era perder a la persona que más amaba en la vida. Y por desgracia las últimas palabras que le dijo no era lo que sentía realmente.

Carol asintió. Ese era su gran pesar. Se estaba mintiendo a sí misma. Lo único que necesitaba era confesar la verdad. Ella amaba a John. No le odiaba. Nunca lo dijo en serio. Sin embargo... no tuvo la oportunidad de decírselo. La muerte se lo llevó... aunque... no lo tenía muy claro... y si...

Tragó saliva. ¿Y si John siguiera vivo? Y si lo que acababa de ver era... no lo sabía con exactitud. Tal vez una visión de lo que él creía. Quizás era eso lo que pasaba. Quizá tan solo era que su alma estaba cegada por el odio y que por eso no podía descansar en paz.

O tal vez... a lo mejor era que su subconsciente no podía parar de pensar en él. Que aunque había intentado vivir una mentira durante tres años... Lo cierto es que nada era lo mismo sin él. John era su vida y al haber desaparecido también se había consumido la de ella. Sabía que no podía haber aguantado mucho más. Le necesitaba como la tierra necesita al agua, como el hombre necesita el aire, como las estrellas necesitan a la luna... Cada momento que pasaba sin él, su anhelo se volvía mucho más inmenso y la soledad que la rodeaba parecía que se la tragara poco a poco.

Sobre todo cuando estaba trabajando. Sabía que estaba rodeada de gente, y además, la prestaban mucha más atención que a los demás. Eso estaba claro. Pero... precisamente cuando más gente había a su alrededor, y cuanta más gente intentara preocuparse por ella, o entenderla... En aquellos momentos era cuanto más sentía su soledad. Aquel vacío que iba ocupando cada hueco de su corazón vacío. Aquella cáscara que latía solo porque era lo vital para seguir existiendo... No podía seguir viviendo esa terrible realidad. Esa vida sin John no era más que una fantasía de la que quería despertar de una vez por todas. Estaba claro que lo más probable era que la agonía que la envolvía cada vez se iba apoderando de ella más y más... arrastrándola...

Aunque no podía recordar con exactitud todos los detalles de lo sucedido, ya que acababa desmayándose sin cesar. Recordaba perfectamente cómo le habían impedido reunirse con él.

A los dos días de la tragedia. Carol se acercó al puente de la ciudad. Era uno de los puentes más grandes del estado y un gran río fluía con aguas turbulentas, llevando olas con frenesí, chocando contra los bordes, lanzando las cañas de los pescadores a las profundidades, sin posibilidad de recuperarlas... como si quisiera demostrar que era más fuerte que todas las presencias de la tierra. La estaba llamando. Era como si la invitara a saltar. Quería tragársela para poderla liberar de todo sufrimiento. Sentía como la brisa se apoderaba de la zona, y poco a poco la oscuridad se iba abriendo paso al atardecer. No era una zona poco concurrida, más bien al contrario, era un punto turístico. Quizá había niños apreciando las hermosas vistas. Tal vez la vieran a ella, apoyada en el borde. Cavilando acerca de las posibilidades que la esperaban. Una vida sin John... o una muerte rápida y segura, en los brazos del río que la llevarían hasta la desembocadura del mar... Donde... La libertad fluye por todas partes y tal vez... pudiera encontrarle... si, aunque... quizás aquello era inútil. Pues por mucho que lo buscara él no se encontraría allí. ¿Dónde podría encontrarle? ¿Cómo podría reunirse con él? Sin saber cómo, se había subido al borde y tenía los ojos cerrados, esperando el momento oportuno en el que el golpe de aire acabara con ella, lanzándola hacia el más deseado destino. Aquel que la llevara con su amado. Suspiró y se dejó caer... lamentablemente, alguien la había sujetado a tiempo.

-    Señorita... ¿¡Se ha vuelto loca!? ¿Cómo se le ocurre subirse ahí para mirar? ¿Es que no ve que podría haber sido muy peligroso?

Pero a Carol tan solo se le saltaban las lágrimas, la habían arrebatado el momento que tanto había esperado. Había sentido la voz de John. Sabía que la había llamado... ¡La estaba esperando!

Todo lo que pudo hacer fue volver a casa desesperanzada, el momento ya había pasado... quizá tuviera otra ocasión... o quizá luego iba a resultar demasiado cobarde para reunirse con él. Su madre no cesaba de repetirla que aquella no era la solución y tras el incidente no la dejaba ni a sol ni a sombra. "Eso no es lo que él hubiera querido cielo" siempre decía. "Tienes que vivir, vivir y seguir adelante... por él. Porque él lo hubiera hecho." Pero realmente... ¿Hubiera sido así? Suspiró. Se acercó al balcón y contempló la noche estrellada. Esperando encontrar una estrella fugaz para poder pedirle un deseo. Un deseo... que jamás se cumpliría.

Fuere como fuere, de lo que Carol estaba segura era de que si quería encontrar respuestas, debía volver al lugar donde se conocieron y donde se separaron. A la carretera que daba entrada al lago y a la ciudad de la niebla. Estaba claro que el 14 de agosto de 2007 no podía seguir huyendo del pueblo fantasma. Aquel sitio la llamaba desde hacía tres años y ella no había acudido a su cita.

Capítulo 4

"Te Quiero Mamá. Cuida de Jane, ya sabes que es la única razón que hace que siga con vida. Gracias a ti y a papá también por estar siempre pendiente de mí, os quiero muchísimo. Por favor, no te enfades, voy a irme, sé que suena a locura, pero me da la sensación de que John está allí. Me está esperando y... quizá lleve haciéndolo durante mucho tiempo.

Volveré pronto,

Carol"

Parecía una locura y su madre probablemente se enfadaría y la llamaría al móvil. Por lo que decidió que lo dejaría en el coche al llegar al lugar. O tal vez ni eso. De todas maneras, si tenía un accidente... ¿Importaría? Si el destino lo quería, que así fuera. Las cartas ya estaban echadas y no había muchas más opciones. Cogió el medallón y la foto del lago y se los metió en el bolsillo. Puede que realmente aquel sitio estuviera maldito. O que esa estúpida leyenda hubiera hecho que los vecinos hubieran quedado atrapados y cayendo en el olvido. Que quizá alguno de ellos hubiera rescatado a John.

Pero... hubo un funeral... ¿No? Carol negó. No conseguía recordarlo. ¿De verdad había sido enterrado? Si fue así, ¿Por qué apareció de aquella forma esa mañana? ¿Por qué notó su calidez si su recuerdo era que estaba rígido y frío como el hielo?

Basta, basta de dudas. Lo único que podía hacer era ir allí de una vez para poder encontrar respuestas a todas sus preguntas.

Capítulo 5

Lago

Cuando llegó, la carretera seguía cortada tal y como estaba entonces. Parecía que nada hubiera alterado aquel lugar, como si el tiempo allí no hubiera pasado, como si estuviera todo... detenido. Negó, sabía que el ambiente abandonado la hacía sentirse insegura, pero no podía echarse atrás. Ya no. Se bajó del coche. Cruzó los conos y la valla, y la extraña niebla la envolvió como entonces. Se detuvo un instante y un escalofrío la recorrió el cuerpo. Fue entonces cuando se dio cuenta de que tenía miedo, mucho miedo. Avanzó un poco más y la niebla se hizo intensa, notaba el frío viento rozándole en sus suaves mejillas. Anduvo un largo trecho hasta que divisó el lago entre la neblina. Buscó una arboleda y allí estaba. El lago seguía siendo magnífico. El agua parecía cristalina, aunque su tonalidad era oscura. Los alrededores estaban llenos de cipreses[2] excepto por un gran sauce llorón[3], al lado de un pequeño muelle. Antaño había barcazas que podías alquilar o "tomar prestadas" e ir a un pequeño mirador en el centro del lago. Claro que nunca se atrevieron a ir allí, aunque lo deseaban. El lago reflejaba la solitud del lugar, tanto espacio abierto y, sin embargo, ni una sola alma.

---

[2] Ciprés: es común que donde hay cipreses haya algún muerto enterrado cerca

[3] Sauce llorón: simboliza la aflicción y la nostalgia

Todo estaba en buenas condiciones, quizá el ambiente húmedo de la niebla hacía que, pese a todo, el lago pareciera un sitio acogedor y, a la vez, tan siniestro. Aquel fue el punto. Aquel era el lugar donde John… murió. Asintió. Debía decirlo, estaba muerto, lo estaba… ¿Lo estaba?

Corrió hacia allí, presa de unos sentimientos llenos de angustia, tal vez seguía allí. ¡Tal vez la estaba esperando!!

-       ¡John!!

Había una sombra sentada junto al lago, la sombra de un hombre…

-       ¡John!- repitió.

El hombre se giró y para su decepción no se trataba de él en absoluto. Parecía un viejo pescador. Tenía el pelo completamente blanco, sus ojos eran oscuros y escondían un profundo secreto, no parecía muy alto, se diría que era más o menos igual que Carol. Vestía ropa antigua y parecía desgastada, tenía algunos remiendos hechos y llevaba un sombrero de paja. Estiró la caña y la lanzó al agua. Escuchando el repiqueteo del anzuelo al caer, la niebla pareció levantarse brevemente para dar paso a un pequeño claro de luz. Una luz que envolvía tenuemente al anciano del lugar. Alrededor del sauce había unos gladiolos[4]. Carol recordaba el sauce, pero no estaba

---

[4] Gladiolos: símbolo elegante de solemnidad y tristeza por ausencia.

segura de cómo el árbol o las flores podían haber sobrevivido ante ese clima tan extraño.

- Disculpe... ¿Señor?

Fue entonces cuando el anciano se dignó a mirarla. Realmente parecía muy viejo, muy viejo y muy cansado. Su voz sonó grave y gastada, como si le costara pronunciar lo que iba a decir, abrió la boca y... no sonó nada. Giró de nuevo la cara, ignorándola. Pero Carol insistió.

- Disculpe, señor... me preguntaba si... Vive usted aquí.- De nuevo la recorrió un escalofrío. Aunque aquel lugar estaba desierto, el hombre parecía totalmente absorto de lo que pasaba a su alrededor. Probablemente, no había peces en el lago, quizá no los hubiera habido nunca. El hombre la volvió a mirar e indicándola que se sentara, pronunció una leve palabra, una palabra que hizo estremecer a Carol de arriba abajo.

- Carol.

Tragó saliva. ¿Cómo demonios sabía ese viejo hombre su nombre? ¿Cómo podía saberlo? Ella no se había presentado... y si... ¿Y si hubiera sido John el que le habló de ella? Cuando iba a preguntárselo, el viejo recogió la caña, sin ningún pez, y se levantó lentamente, mientras la miraba.

- Has tardado mucho Carol. – Ella vaciló. ¿A qué se refería? De nuevo el viejo pareció leerle los pensamientos, porque cuando iba a preguntárselo le contestó. – Efectivamente, ha pasado mucho tiempo, ¿No crees?

-	Que… ¿Qué quiere decir anciano? – el hombre sonrió.

-	¿Anciano? Jeje… es curioso, nunca me habían llamado así.- cuando escuchó la voz del hombre mucho más calmada, se sintió relajar, sin embargo, Carol notó que algo no encajaba en aquel sitio y recobró la compostura.

-	¿Cómo sabe que me llamo Carol?

Él la miró, como evaluando si debía responderla y añadió:

-	¿No es así? – Carol no esperaba esa respuesta. Empezó a sentir una inquietud e insistió.

-	¿Cómo lo sabe?

-	Él me lo dijo.

Sintió palpitaciones. Su corazón empezaba a latir deprisa. Sabía que no podía ser cierto. Ese hombre la estaba mintiendo. O quizá tan solo se confundía de persona. O puede que… Carol tragó saliva antes de preguntárselo, pero de nuevo el viejo se adelantó a su pregunta.

-	La verdad es que no esperaba que vinieras nunca. ¿Por qué tendrías que hacerlo? No tienes motivos para venir aquí. Te sugiero que te des media vuelta y que te marches, aún estás a tiempo.- Su voz no sonó a amenaza, sin embargo, Carol notó cierto tono de advertencia.- Vete por donde has venido. Vete y no vuelvas nunca más. No se te ha perdido nada aquí.

Así que era cierto, aquel lugar la llamaba, la llamaba y ese hombre parecía saber el motivo. Carol se metió la mano en el bolsillo y sacó la fotografía, apretándola contra su pecho.

-	En realidad sí. – Cogió aire. Notaba como su corazón iba latiendo cada vez más deprisa, como si estuviera a punto de salírsele del cuerpo. Le mostró la foto. - ¿Conoce a este hombre?

El viejo miró la fotografía y luego a ella, con cierta tristeza, contestándola en un tono completamente seco y neutro.

-	No.

Carol sintió como la rabia se apoderaba de su cuerpo. Sin duda el viejo mentía. ¡La estaba mintiendo! ¿Por qué lo hacía? ¿Qué tenía que perder ese anciano para mentirla de aquel modo? ¿Además, quién si no John era el que le había dicho su nombre? Puede que incluso fuera él mismo quien le dijera que ella iría a buscarle. Seguro que la estaba esperando en algún lugar y el abuelo no quería decírselo. Aunque no sabía por qué. Tomo aire e intentó que su voz no sonará enfadada.

-	Vamos, mírelo bien. ¿Seguro que no lo conoce? -El viejo asintió. Ella empezaba a perder la paciencia. – Verá... si no le conoce no puedo quedarme aquí. Tengo que ir a buscarle. – Carol se guardó la fotografía de nuevo y se dio media vuelta, lista para adentrarse en el llamado pueblo fantasma.

-	¿Para qué? ¿No está muerto?

Se giró, abriendo los ojos de par en par. Aquello sí que no lo esperaba. ¿Él qué sabía? Además... ¿No era John el que le había hablado de ella? ¿Es que todo era una mentira? ¿Una farsa? ¿Una ilusión?

-	¿Qué?

-	Que si no había muerto. Creía que lo había hecho hace 3 años.

-	¿Cómo sabe? ...- Se acercó de nuevo a él. - ¿Cómo sabe usted eso? ¿Lo ha visto? ¿Está aquí? ¿Está John aquí?? – le intentó agarrar y el viejo se apartó, haciendo que ella perdiera el equilibrio momentáneamente.

-	Deberías irte Carol. Este no es lugar para ti. No es paraje para ti – ahora su voz sonaba amenazadora. – Sufrirás muchas cosas si entras ahí. Ese pueblo está maldito. Quién entra no sale jamás. ¿Es qué no has oído las historias?

-	¿Está allí? ¿John está allí verdad? ¿No está muerto, no es así?

El viejo no la respondió. Carol sintió una puñalada en el corazón.

- Si no está muerto, tengo que ir. ¡¿Por qué no vino en estos tres años??!

- ¿Y si no pudiera?

- ¿Qué? – sintió como se estremecía de nuevo.

- Digo que y si no pudiera, ¿Carol? ¿Y si John no pudiera volver?

- No... no comprendo...

- No puede volver porque está muerto. Acéptalo y vete de aquí antes de que sea demasiado tarde y la niebla lo envuelva todo. Antes de que quedes atrapada en un mundo del que no puedas salir.

Sin embargo, Carol hizo caso omiso.

- ¡John está aquí! ¿No? ¡Lo sé! ¡Lo sé todo!

- No sabes nada. John está muerto y tú deberías irte de una vez y dejar a su alma descansar en paz.

- ¿Es que es... un fantasma? ¿Se ha convertido John en un fantasma por mi culpa?

- Déjalo ya niña. Vete de aquí antes de que sea demasiado tarde.

El viejo desapareció entre las sombras sin que a Carol le diera tiempo apenas de replicar. La luz también la había abandonado y la niebla la envolvía de nuevo. Se sentía demasiado anonadada como para seguir adelante o darse media vuelta. Estaba sumida en un mar de dudas. ¿Qué era exactamente lo que acababa de pasar? ¿Qué había significado ese encuentro fortuito? ¿Significaba acaso que John estaba realmente vivo o atrapado en aquel lugar? ¿Significaba acaso que John la había estado llamando desde entonces? ¿O significaba que estaba realmente muerto y se lo había imaginado todo?

-¡No! – Sabía que no se lo había imaginado. Tampoco lo había soñado. John había estado aquella mañana en su casa y le había dejado el medallón como prueba de ello, por lo que debía continuar hacia delante por mucho temor que sintiera.

Suspiró mirando al lago.

-    John... voy a ir a por ti. Te encontraré, te encontraré y te prometo que te llevaré de vuelta a casa.

Seguro que había sido cosa de ese viejo. Ese viejo le había secuestrado. Carol asintió para sí. "Dijo que no podía volver y además me ha amenazado si no me marchaba, lo más probable es que esta gente se haya vuelto loca al caer en el olvido por el resto del mundo y lo hayan pagado capturando a John. Tal vez le cogieron hace tres años y... le salvaron o algo así... debo... debo encontrarlo para poder preguntárselo. Estoy segura de que..."

-    Habría vuelto conmigo... John... yo te...

No era capaz de terminar la frase. Ella le amaba. Le amaba con locura. Y lo último que le había dicho era que le odiaba. Dios, cuanto se arrepentía de sus palabras… si hubiera sabido que aquello era lo último que le iba a decir… Negó. No estaba muerto. A John lo tenían secuestrado y pensaba recuperarlo. De algún modo u otro.

Capítulo 6

Cementerio

Atravesó la niebla que envolvía el lugar mientras se alejaba del lago y comprendió dónde se hallaba. Un par de verjas enormes delimitaban el paso. Observó el sitio y la niebla desapareció levemente, mostrándole que se hallaba en el punto correcto. Lápidas se extendían a través de la verja y había algunas flores frescas depositadas sobre una de las tumbas. Miró alrededor, buscando el modo de entrar ahí. La verdad era que pasar por un cementerio no era lo que Carol tenía pensado. Pero si era la única forma de llegar al pueblo, así lo haría. No había llegado hasta allí para acobardarse por un simple cementerio. No se había echado atrás con el viejo psicópata, ¿Por qué iba a hacerlo con un estúpido cementerio? Aquello no eran más que mentiras que alguien se inventó y un ingenuo creyó. No iba a pasar nada fuera de lo normal. Miró alrededor y comprobó que tenía barricadas a los lados de la pequeña carretera. Si miraba por donde había venido, apenas si podía divisar el lago. Sintió una oleada de miedo. De repente recordó las palabras del anciano. ¿Y si era una amenaza de verdad? ¿Y si le pasaba algo? No tenía armas con que defenderse... ella no era policía. Suspiró y verificó que lo único que podía hacer era trepar las desgastadas puertas de la verja. Sabía que era arriesgado, pero era la única forma de la que podría entrar. Posó sus delicadas manos sobre la valla y apoyó la pierna derecha en un pequeño saliente para poder trepar. Se preguntaba si aquella valla podría tener el tétano si se llegaba a pinchar con ella. ¿Pero en qué estaba pensando? Aquel no era el momento adecuado. La gente normal se preocuparía de los fantasmas, no de las enfermedades... aunque tal vez era cierto que ella no era muy normal. ¿Qué persona en su sano juicio habría ido sola a un lugar como aquel? Quizá tendría que haber pedido ayuda... "No, Carol, olvídalo. Es tu responsabilidad. Es John. Es cosa de los dos y de nadie más". Trepó y miró hacia el cementerio. Luego giró la vista y para su asombro tras de sí no había nada. Tan solo un inmenso barranco del cual la verja parecía estar sujeta por los pelos.

-    ¡Cielos! – Carol titubeó y perdió el equilibrio por un instante. - ¿Pero qué demonios? - se movió y de debajo de la valla cayeron algunas piedras precipicio abajo. No se oyeron tocar fondo. Tampoco las vio caer del todo, ya que la niebla las había cubierto antes. No pensaba dar media vuelta, pero suponía que ahora tampoco tenía muchas más opciones. Parecía que su destino ya estaba decidido. Se agarró con fuerza y tras una larga respiración para infundirse ánimos, terminó de trepar y bajó hacia el único lado al cual ahora podía acceder. Se pinchó al apoyarse en un saliente y rezó para que no se hubiera infectado con nada. Dio un pequeño salto y cayó medio en cuclillas, le dolían la punta de los pies terriblemente. No estaba acostumbrada a dar saltos y menos con esos botines que se había puesto. Había caído justo enfrente de una lápida. Iba a apartar la mirada, pero algo la empujó a mirar. En ella no había ningún nombre escrito, cosa que la sorprendió. Tal vez aún no hubiera nadie enterrado ahí. Quizá tan solo habían elegido el lugar. Tragó saliva de nuevo y sintió su corazón palpitándole algo acelerado, recordándola el porqué de su apresurado salto. Se levantó y se asomó con rapidez hacia la valla. La carretera volvía a estar en su sitio. Quizá se lo había imaginado debido a la altura. Era lo más lógico. Después de todo, era imposible que un barranco apareciera de repente.

Se giró y el cementerio parecía más iluminado. La niebla se había despejado bastante, permitiéndola ver unos cuantos metros más allá. El cementerio era pequeño. Casi todo el mundo había muerto de una enfermedad, por lo que los cuerpos habían sido incinerados hacía tiempo. Se preguntaba si la enfermedad había sido erradicada del todo. Se suponía que sí, por qué sino... "Si no, ese viejo no podría estar viviendo aquí. Además, apuesto a que la llave de la entrada la tiene él." Volvió a mirar alrededor, observando el lugar, y avanzó hacia la tumba vacía con flores que había visto antes de llegar. Se agachó y observó la lápida. Estaba limpia y las flores parecían recién puestas. Las tocó, estaban húmedas del tibio aroma del amanecer. Las observó con atención. Le encantaban las flores y solía buscar el significado de todas ellas, por eso tenía tantas flores preciosas y extrañas en su casa. Aquellas flores eran, precisamente, una muestra de ellas. Se trataba de

Acónitos[5]. Era una flor de color morada, de pétalos curvados y cierta tonalidad clara. Las cogió. Aquellas

____

[5] Acónito: simboliza la venganza

flores tenían un significado amargo. Lo sabía porque aquellas eran las favoritas de John. Y el significado de aquellas flores se trataba de... no puede ser... sus palabras casi salieron solas de su boca mientras su mirada se posaba con rapidez en busca del nombre de la lápida.

-       Buscas mi muerte...- se le cortó la respiración al leer con atención como un nombre iba apareciendo escrito a medida que ella leía.

"Carol Lionel Smith

14 de agosto de 2007

Venganza"

Una lágrima empezó a brotar por el rostro de la joven. Sintiéndose más dolida que sorprendida por tal hecho.

-       No puede ser...

Se levantó y miró con furia alrededor.

-       ¡Te equivocas viejo!! ¡Te equivocas!! ¡Yo no soy Carol Lionel! ¡Yo soy Carol Patrick!

-       No mancilles el apellido de John.

Carol se giró sobresaltada. Allí no había nadie. Sin embargo, una voz había sonado clara y fuerte tras de sí. Pero no se trataba de una voz familiar. Si no de una voz un tanto hosca, aunque infantil a la vez. Como la de las niñas mimadas que siempre consiguen todo lo que quieren, da igual el método.

-       ¿Quién eres?

No hubo respuesta, tan solo el silencio la acompañaba. Pero esta vez ya no sentía tan solo el temor del principio. Ahora se sentía furiosa. Alguien estaba tratando de hacerle una mala pasada. Y tal vez se tratara de aquel viejo excéntrico.

-       No me das miedo. Iré a por John. Cueste lo que cueste.

Siguió avanzando al ver que no obtenía respuesta y pronto se halló cerca del parque.

Echó una ojeada a lo largo de la calle y observó que la niebla no le permitía ver el fondo de ella. Las casas parecían en buen estado. Quizá era cierto que en el pueblo aún habitaban personas. Aunque tenía algo de abandonado. Quizá era verdad que se trataba de un pueblo fantasma. Le recorrió un escalofrío y se le pusieron los pelos de punta. Avanzó unos pocos metros y se encontró con un anticuario. Eso es. Lo que debía hacer era recordar dónde había conocido a John. Se habían conocido allí. De modo que quizá se encontrara en algún lugar de entonces. Quizá realmente le hubieran atrapado y estuviera buscando la forma de escapar.

Cerró los ojos, tratando de recordar, se habían encontrado escapando de la ciudad, había gente que los perseguía. Por aquel entonces tenían 16 años. Se conocieron cerca de una casa abandonada en un callejón. Todo había sido una jugarreta de Halloween y resultó que así fue como conoció al gran amor de su vida. "¿Dónde estábamos?" Buscó un mapa en una parada de autobús y se dirigió a una casa con una caseta de perro. Veamos... ¿Por qué había salido corriendo?

Capítulo 7

Calle Leps, 31 de octubre de 2001

Carol no quería participar en la estúpida prueba. Cada año sus amigos inventaban una nueva tontería con la que pasar el tiempo. Sin embargo, aquel año no le apetecía formar parte de ella, pero consiguieron convencerla. Fueron a su casa y le dijeron que había pasado algo terrible. El perro de un chico había desaparecido. Le habían visto corriendo hacia el interior del pueblo maldito, así que la prueba de aquella noche sería buscar al perro. De esa forma se vería quien tenía más agallas, y además, contribuirían a una buena obra. A Carol aquello le olió a chamusquina, pero en cuanto llegaron a la entrada del pueblo oyó los ladridos del perro, algo lastimeros, y sintió una profunda pena. ¿Y si el perro se había perdido por las callejuelas del pueblo abandonado? Quizá tan solo intentara salir. Pero... Carol miró a sus compañeros.

- ¿No os da miedo entrar ahí?

- Es que es el perro de John Patrick.

- ¿Quién es?

- Un chico nuevo que ha llegado al pueblo hace poco.

- 	¿Y por qué deberíamos ayudarle?- inquirió la joven. – Apenas le conocemos y estos juegos son de críos.

Los jóvenes se encogieron de hombros y empezaron a adentrarse. Realmente no es que fueran buena compañía, pero su madre insistía en que debía relacionarse con chicos de su edad. Aunque fueran tan estúpidos como para inventarse juegos de críos de 10 años. O cuando no hacían juegos, o gamberradas, como prefería definirlas Carol, se pasaban el día jugando a fútbol o viendo partidos en la televisión. Quizá eran el prototipo de chicos, pero sin duda no eran su tipo. Lo cierto es que aunque Carol tenía 16 años, no le gustaba la marcha, la llamaban rarita por eso. Prefería estudiar y hacer cosas más productivas, nunca se había sentido atraída por nadie... hasta aquel momento.

- 	Esperad- dijo Carol- Es peligroso. ¿No sería mejor que llamáramos a la policía y dejar que ellos se encarguen?

- 	¿Igual que se encargaron de comprobar si quedaban personas sanas antes de quemar todo el hospital?

Carol no supo qué decir. El pueblo había tenido que ser abandonado hacía un par de años a causa de una enfermedad. Esta causaba grandes estragos en la gente, primero les causaba fiebre, luego deliraban y finalmente se les acababa cayendo la piel a jirones. Algo parecido a la lepra, pero sufriendo más. Además, la gente parecía como ausente, en sus delirios decían cosas que no existían "o no deberían existir" en la realidad. Era como si no estuvieran donde tenían que estar. Aquellos eran los estragos de la enfermedad, te volvían loco. Decidieron quemar todo el hospital como última medida para erradicar la enfermedad, ya que ni tenía cura ni los pacientes parecían sentir nada. Sin embargo, se dice que había doctores y enfermeras aún dentro completamente sanos, cuando empezó el fuego. Y que desde entonces el pueblo estaba maldito con sus almas en pena, clamando venganza.

Por supuesto, para Carol eso no eran más que leyendas urbanas. Si el pueblo había sido abandonado, era por qué no se sabía de dónde había salido la enfermedad, ni si había sido erradicada aún.

-    Quizá sea mejor que no entremos.

Fue entonces cuando le vio, un muchacho entró hacia el pueblo sin vacilar. Era apuesto y parecía tener la misma edad que ella. Tenía el pelo castaño claro y corto, mediría poco más de 1'75 y parecía decidido a entrar. No lo conocía, así que pensó que podría tratarse de John. La chica le miró con curiosidad y se acercó a él.

-    ¡Espera!

El chico se giró, parecía serio y sus ojos color aceituna denotaban cierta tristeza.

Carol llevaba el pelo largo por aquel entonces, "igual que ahora" ella lo tenía de color castaño-rojizo, sus ojos eran grises y brillantes y parecía preocupada por el joven desconocido.

-	Es peligroso entrar ahí.- El chico la miró con cara de no comprender, ella prosiguió. – Ese pueblo está maldito. Es mejor que no entres. Dicen que si entras no podrás salir...

-	¿Qué? – El chico adoptó aire de chulito y dirigió una mirada a los amigos de Carol con cierto odio – Esos gilipollas me han robado mi perro y lo han atado por ahí. Novatada según creo.

-	¿Qué?- Carol se giró sorprendida - ¿Qué habéis hecho qué?

Los amigos se empezaron a reír y les levantaron el dedo corazón.

-	¡Jódete! ¡Pudríos en el infierno!

Carol suspiró. No podría creerse que gente en la que confiaba le hubiera hecho esa mala pasada al pobre chico nuevo. Y que la hubieran implicado a ella de ese modo. El chico comenzó a caminar hacia allí. Carol no tuvo más remedio que seguirlo. No sabía por qué, pero sentía la impresión de que ese chico era especial. Quizá le gustó nada más verlo. Aunque no estaba segura, ya que no sabía qué clase de sentimientos estaba empezando a sentir. ¿Sería eso lo que llamarían "Amor a primera vista"?

-	Me llamo Carol. – La joven sonrió en tono amistoso mientras se adentraba con él al interior del lugar. Se ve que al chico le habían dado un mapa, había una calle marcada con una X. Suspiró y el chico la miró, no la habló en tono reprochador, al contrario, parecía agradecido por la presencia de ella en aquel misterioso sitio.

- Yo soy John. ¿Es una costumbre hacer estas putadas o ha sido algo especial por ser Halloween?

Carol se sintió un poco mal, pero no les defendió.

- No. No son buena gente. Lo siento.

- Ya bueno... lo siento yo también.

- ¿Por qué? Tú no has hecho nada, son ellos los que te han robado a tu perro.

- Si, pero...- El chico paró un momento y la miró con un tono de disculpa en la voz. – Encima de que me acompañas... trataba de echarte la culpa. Perdona. Gracias por acompañarme.

***

Claro que recordaba perfectamente ese día. Fue el mejor y peor día de mi vida. El mejor porque conocí a la que sería mi futura esposa. Y el peor porque perdí a mi mejor amigo. Lo cierto es que mi vida siempre ha sido bastante penosa. Yo siempre he creído que había nacido para triunfar, y luego me encontré de bruces con la realidad. Yo era un perdedor. Hay gente que nace con estrella, y gente que nace estrellada. Yo soy de los segundos. La suerte no me ha favorecido en nada. Por eso, al encontrar ese pequeño haz de luz, a Carol, supuse que mi suerte empezaba a cambiar. Lo cierto es que yo tenía un hermano gemelo. Vivíamos muy felices con nuestros padres adoptivos. Nuestra madre había muerto al darnos a luz, parece ser que, pese a la tecnología, el parto fue demasiado duro para ella y no pudo soportarlo, los médicos no pudieron hacer nada. Hay gente fuerte y gente débil. Mi madre debía ser de las segundas. Nunca supe cómo era, pues no teníamos ni una miserable fotografía. Mi padre abandonó a mi madre cuando se enteró de que estaba preñada. Pero yo era feliz, siempre había crecido junto a mis padres y mi hermano. Y cuando nos dijeron que éramos adoptados no le dimos importancia. Éramos una familia y éramos felices. ¿Qué por qué hablo en pasado? Ahora lo entenderéis. Cuando teníamos 10 años… mi hermano murió en un accidente. Íbamos en el autobús escolar cuando un camión se chocó contra nosotros. Que irónico que luego el camión vendría a por mí… En fin, el autobús empezó a prenderse fuego y vi que la mitad de mis compañeros habían perdido el conocimiento, el resto estaba demasiado asustado, llorando, sin saber qué hacer. No había rastro del profesor. Después supe que había muerto con la colisión, al igual que el conductor. Pero a mí solo me importaba una persona. Me daba igual el resto, ¿Dónde estaba mi hermano? Debería haber estado junto a mi asiento, éramos uña y carne. Comencé a llamarle desesperado. Cuando por fin le oí, estaba atrapado entre hierros y trozos de ventanas, se le habían clavado por todas partes del cuerpo, estaba casi irreconocible. Yo lloré y estiré como un loco de sus brazos ensangrentados, pero él suplicaba que le dejara, que le hacía daño. Me dijo que saliera del autobús, que era demasiado peligroso quedarse ahí.

Yo le dije que no, pero, alguien estiraba de mi mano, y de otros niños. Parece ser que gente que había presenciado el desastre se había aventurado a entrar en busca de supervivientes. Sin embargo, fuimos pocos. De 30 alumnos, solo sobrevivimos 10. No he vuelto a saber nada de ellos. Aunque, como podéis imaginar, solo puedo pensar en mi hermano, gritándome que le dejara, que huyera sin él... Cuando la policía, la ambulancia y los bomberos llegaron, era demasiado tarde. El fuego ya lo había consumido todo. Como comprenderéis, yo no quería comer, ni hablar, ni jugar con nadie. Había perdido a la mitad que me unía con mi pasado, la prueba de que existía. Estaba solo. Sé lo que estaréis pensando, menudo estúpido, tenías a tus padres. Cierto, pero ellos estaban demasiado ofuscados intentando superarlo. Se tenían el uno a otro. Pero... a mí ya no me quedaba nada. Creía que era un trasto inútil. Al final, mis padres decidieron mudarse para ver si yo conseguía superarlo. Aunque ellos habían perdido a un hijo, aún me tenían a mí. Y debían hacer todo lo posible para que yo me recuperara. Al cabo de un año, al ver que seguía igual, me regalaron a Toby, mi querido perro. Era un pastor alemán y lo cierto es que me ayudó mucho. Al principio le rechazaba, no quería estar con él. Pero el pequeño acabó consiguiendo mi cariño. Mis padres me dijeron que, al igual que yo, él había perdido a sus hermanos. Lo habían abandonado. Mis padres se lo encontraron deambulando y, antes de entregarlo a la perrera, lo cuidaron y decidieron probar a ver si me animaba con él. Y así fue. Me sorprendió mucho ver que Toby podía volver a confiar en los humanos. Esos seres que le habían despreciado y dejado una vez. Pero, supongo que él debía notar que yo estaba consumido por la tristeza, al igual que él, y nos ayudamos mutuamente. Dicen que los animales pueden sentir la tristeza de sus amos y también la alegría. Además, se preocupan si nos ponemos enfermos o no saben qué nos sucede. O nos intentan proteger de algún mal que nos aceche. Puedo verificar todo eso y más. Una gran conexión se había establecido y no creía que el vínculo fuera a romperse nunca... Hasta aquel fatídico día, el día que mis padres, tras 4 años sin su otro hijo, decidieron que era hora de cambiar de hogar y empezar una nueva vida.

****

John y Carol siguieron avanzando por las sinuosas calles fantasmagóricas sin ver ni una sola alma. Por una parte, se alegraban de no tener sorpresas desagradables, pero por la otra... era una sensación bastante incómoda. Lo curioso es que había niebla por todas partes "Dios... Ya la había por aquel entonces... ¿Por qué no lo he recordado hasta ahora?" Sin embargo, un rayo de luz los acompañaba en su camino, como iluminándoles.

Aunque el pueblo parecía bastante grande, la X se encontraba cerca de la entrada, a unas 3 calles de la salida. Encontraron la calle Leps y sintieron el aullido lastimero de nuevo. Vieron al pobre perro atado junto a una caseta al fondo de un callejón. Corrieron hacia allí y lo desataron. El animal movía el rabo agradecido y se disponía a lamer la cara de su querido amo. Sin embargo, antes de que pudieran alegrarse, un disparo alcanzó de lleno al pobre animal, dejándolo completamente muerto al instante. John y Carol se miraron con horror y empezaron a correr. Alguien comenzó a perseguirlos, pues se oían los pasos apresurados. Pronto lo confirmaron cuando les dispararon a ellos.

- ¡Alto!

John y Carol se miraron como pensando que debía estar de broma. ¿Pararse? ¿Después de que le metiera un tiro al perro y les estuviera intentando matar a ellos? Además, un incendio parecía haberse desatado al final de la calle y el fuego avanzaba a medida que ellos huían. John cogió a Carol de la mano y la estiró hacia unos matorrales cerca de un lago. Lo que había sido una caminata de unos 15 minutos, ahora lo habían atravesado corriendo en unos 5. Nadie llegó. Parecía que le habían despistado a tiempo. O tal vez el fuego lo había consumido. Carol miró asustada a John y se abrazó a él.

- Lo siento... yo...

John le tapó la boca.

- Shh... no creo que esté maldito, sino que hay locos aquí dentro. Locos que no quieren que nadie entre en su zona... es mejor que esperemos y cuando nos hayamos asegurado de que no viene nadie, nos larguemos.

Carol asintió.

- Pero tu perro... lo siento mucho John. – Él asintió y se asomó para comprobar que no había nadie.

No era momento de pensar en eso. Tenían que escapar. La estiró de allí sin soltarle la mano y salieron precipitadamente del pueblo, como alma que lleva el diablo. Verificaron varias veces que nadie los seguía, y no pararon de correr hasta que estaban muy lejos.

Cuando estuvieron de nuevo de vuelta, el chico miró a la chica y la abrazó, igual que había hecho ella entonces. No habían articulado palabra desde la huida. Pero John necesitaba a Carol en ese momento. La necesitaba mucho. Igual que ella le necesitaba a él.

- Era un gran perro. – Dijo. Estaba claro que intentaba aguantarse las lágrimas. No quería que ella le viera llorar. Apenas se acababan de conocer, y en las peores circunstancias. - No sé por qué le han hecho eso, ni por qué nos han disparado. – Ella le miró. – Lo que es seguro es que... creo que ha sido cosa de tus amigos.

- No son mis amigos. Viven cerca de mi casa. Eso es todo.

Él sonrió vagamente.

- Bueno... sea lo que sea... considero que le han hecho algo al loco del pueblo. Será mejor que no nos acerquemos por un tiempo.

- John...- ella le miró con tristeza. – Lo siento mucho. De verdad.

- No te preocupes. A ti también te han implicado...

A partir de aquel día, John y Carol se hicieron inseparables. Y no tardaron en empezar a salir y hacer planes de futuro. Todos los conocían como una pareja feliz, y nunca, nunca, le contaron a nadie lo sucedido. Los otros chicos jamás regresaron. Se les dio por desaparecidos y nunca más nadie supo nada de ellos.

Capítulo 8

Calle Leps, Actualidad

Carol se estremeció al ver de nuevo la caseta. Si bien aquel acontecimiento los había unido, también les había marcado profundamente. Se acercó hasta ella y para su asombro observó que estaba toda llena de sangre.

- ¿Qué? ¿Qué es esto? – Dentro parecía haber una figura. Se agachó y vio con horror que se trataba del perro de John. Del mismo perro que 6 años atrás había visto morir allí mismo. Estaba tumbado dentro de la caseta. Ensangrentado y con el disparo atravesándole las entrañas. No estaba descompuesto. Sino que parecía que le hubieran acabado de matar. Como si no hubiera transcurrido el tiempo...- Dios mío...- Aquel loco lo había dejado ahí. Quizá el perro estuvo sufriendo en agonía antes de morir. Se aguantó las lágrimas y se levantó. Mirándolo una vez más. Recordando el momento... El perro abrió los ojos de repente. La saliva empezó a brotarle de la boca y se abalanzó sobre Carol. - ¡Ahh!!!- La chica corrió asustada a través de la calle, dirigiéndose a toda prisa en busca de algún refugio, cuando de repente el cielo se empezó a oscurecer y pronto dejó de ver nada.

- ¡Mierda!- Carol pasó de un estado de miedo a uno de pánico, sintiendo como alguien, o algo, le pisaba los talones. No podía ver nada a su alrededor, la oscuridad lo envolvía todo y solo podía notar que la niebla seguía allí, debido al frío que notaba y a la brisa helada que la envolvía completamente. Miró alrededor desesperada, en busca de alguna luz o de algún ruido que la ayudara a orientarse. Pero a la vez tenía miedo de preguntar, de llamar, de gritar. Incluso de respirar. Se había quedado completamente inmóvil. Sin saber qué hacer. Su mente le gritaba que corriera, le suplicaba que se moviera, que saliera de allí a toda prisa. Tenía que escapar de aquel lugar aterrador. Sin embargo, su cuerpo estaba paralizado por el miedo y sus piernas no reaccionaban a las órdenes de su cerebro.

Fue entonces cuando vio algo. De repente, dos luces enormes se encendieron al fondo de la carretera. Dios santo, había alguien. Tal vez pudiera ayudarla. Sacarla de allí. Para su horror comprobó que las luces se dirigían a toda velocidad. Hacia ella. Sin control. Sin detenerse, sin... ¿Conductor? Carol no podía creer lo que estaba viendo. Empezó a correr sin ver nada, buscando alguna pared o algún escondrijo dónde meterse, sin embargo, las luces la seguían y cada vez se encontraban más cerca. Se giró, con la esperanza de que se detuvieran, pero para su horror comprobó que se trataba del mismo camión que tres años atrás había acabado con John. Tal vez hubiera vuelto para acabar con ella. Tal vez debía quedarse quieta. Tal vez su destino era morir allí. Dejó de correr y se detuvo, quedándose quieta frente a las luces que estaban a escasos metros de ella. Abrió los brazos, como invitándole a que se la llevara por delante. A que acabara con ella. Con su sufrimiento. La verdad era que no podía soportarlo más. No tenía sentido seguir viviendo. A decir verdad, desde que John murió nada tenía ningún sentido para ella. Él había sido toda su vida y su razón de ser, y el estar sin él tan solo la había demostrado lo débil que era. Su soledad la envolvía por completo cada noche, cada mañana, cada mediodía, cada atardecer... todo le recordaba a él. Todo lo que habían vivido... y lo que ya nunca podrían vivir. Cerró los ojos, esperando el impacto y dejar que la muerte se la llevara a sus terrenos, dónde, quizá, con un atisbo de esperanza, pudiera encontrarle... Una vez más.

...

...

...

Esperó, pero no sucedió nada. Abrió los ojos y se encontró a las dos luces frente a ella, quietas, sin movimiento. No se oía nada, todo parecía tranquilo y lo único que parecía haber en el lugar era ella y el camión fantasma. Carol no se movió. No comprendía lo que había sucedido. No había oído frenar al camión, y tampoco había notado que se hubiera parado delante. Su corazón latía nuevamente a toda velocidad y su mente intentaba alcanzar una pregunta imposible de responder. Apenas salió un pequeño gemido de su boca, a la vez que las lágrimas brotaban de sus ojos.

-    ¿Por... Por qué? – Dijo con una débil voz.

De repente el camión desapareció, y con ello las luces que iluminaban las oscuras calles de ese temible sitio. Era como si hubieran apagado unos focos y de repente se hubiera quedado el escenario en silencio. Como en el teatro. Cuando los actores esperan su turno para poder salir. Agarró el colgante, sin dejar de sollozar, y de repente parecía como si un foco la estuviera iluminando. Pero no estaba sola. Enfrente de ella, a unos pocos metros, había otro foco, con alguien dentro. Ella le miró y le reconoció inmediatamente. Se trataba de John. De su John. Se tapó la boca entre lágrimas, sin saber qué hacer o que decir, pero no hizo falta, John se acercó unos metros, hasta quedar a escasos centímetros de su piel. ¿Aquello... era real? ¿Estaba soñando? ¿O el camión había acabado con ella y la muerte le había permitido reencontrarse con él? John la miró con indiferencia. Como si sintiera una profunda indignación ante su presencia. Entonces habló.

-     ¿Por qué?

Carol no comprendió. Era la misma pregunta que ella había formulado unos pocos momentos antes.

-     ¿Por qué?... ¿Por qué, qué?

John parecía ofuscado y la miró con cierto desprecio.

-     ¿Por qué te has quedado quieta? ¿Por qué no has salido corriendo? ¿Por qué no has huido a lugar seguro?

Carol no entendía nada. ¿De verdad estaba viva o... estaba muerta? ¿De verdad era aquel su John? ¿Por qué la trataba con tanta frialdad? ¿Por qué no la había besado o abrazado? Tenía tantas preguntas que hacerle, sin embargo, de su boca no salía sonido alguno. Él, prosiguió:

-     ¿Por qué te has resignado ahora? Hace 3 años no lo hiciste. Hace 3 años te fuiste. Te fuiste y me dejaste allí tirado. Y ahora... ahora te has quedado ahí. Esperando tu turno. Tu muerte. ¿Por qué?

Carol no podía hablar. No podía decir nada, y quería decirle tantas cosas... tantas... como por ejemplo... que le quería. Que había ansiado ese reencuentro tantas veces que no sabía si sentir felicidad o pena, por el desprecio que le estaba haciendo. Él solo hecho de poder verle de nuevo... era algo por lo que había merecido la pena ir allí.

-     Carol. ¿Por qué?

-     No... no sé... yo...

Él la cogió por los hombros, la zarandeó, igual que había hecho en su sueño. En su sueño... entonces... no había sido ningún sueño... John la había sujetado... igual que lo estaba haciendo en aquel momento.

-     ¿Por qué estás aquí?- le preguntó John.

-     ¿Por qué? Para... para verte.

-     ¿Verme? Creía que no querías verme.

-       Pero viniste. Viniste a buscarme. Querías que viniera... ¿No?

John sonrió de una manera un tanto siniestra.

-       Claro... y... has venido por eso... ¿No?

Ella asintió.

-       Quería verte, te... Te he echado mucho de menos John. Durante todo este tiempo yo... Yo... ¡Pensé que habías muerto! ¡Qué te había perdido para siempre! ¡Y has estado aquí! ¡Aquí todo el tiempo!!- Ella intentó abrazarlo, pero él se apartó. Ella sollozó de nuevo - ¿Por qué John? ¿Por qué?

-       ¿Por qué? Eso te he preguntado yo y solo me has contestado una sarta de mentiras.

-       ¡No! John yo...

-       ¡Cállate! No quiero ni verte. Me das asco. Ahora soy yo quien te odia Carol.

Ella quedó completamente inmóvil, sin saber qué decir. Él prosiguió, adoptando un tono cruel y despiadado, mientras avanzaba de nuevo hacia ella.

-       Si... cariño...- Dijo en tono irónico. – Ahora vas a ser tú la que sufra todo lo que yo he sufrido. Vas a pasar por tanto que desearás no haber nacido. No haberme... traicionado...

-       ¡No! No es lo que piensas John, ¡De verdad! ¡Creí... creí que habías muerto!

- ¡Mentira! Seguro que ni recuerdas mi funeral... ¿O sí?

Carol no pudo contestar. No lo recordaba. Perderle había sido un shock traumático para ella y apenas había podido recuperarse hasta hacía unos meses.

- ¿Ves? Tu silencio te delata. Tú no sentías nada por mí entonces. Y soy yo ahora el que te odia. ¡Te odio!

Ella negaba. Tapándose los oídos para no escucharle, sin embargo, su voz resonaba por toda su cabeza, cada palabra le golpeaba duramente el corazón, sintiendo como este se iba deshaciendo poco a poco en pequeños pedazos finos de cristal, tan pequeños que serían imposibles de juntar. Ella le miró suplicante, implorando que parara de decir esas cosas... cosas que... la estaban matando poco a poco. Hubiera sido mejor que el camión la arrollase sin miramientos, a tener que escuchar algo que nunca creía posible. Pero todo era un malentendido. Estaba segura de ello. Porque confiaba en él. ¡Tenía que solucionarlo antes de que fuera demasiado tarde! Entre sollozos consiguió articular unas pocas palabras.

- Te equivocas John... yo... yo te quería... y te sigo queriendo.

Él calló un momento, escuchándola con atención, pero igual que cuando miras a un niño, sabiendo que nunca hará caso de lo que te esté diciendo, porque tú tienes el poder sobre él.

-     Te quiero John, he venido para verte. He venido a buscarte. Debería haberlo hecho antes, pero...

-     ¡Cállate! ¡Estoy harto de ti, Carol!- La agarró con dureza de la muñeca, y ella pudo sentir sus fríos dedos apretándola con brusquedad. – No voy a dejar que me engañes con mentiras Carol. Ya te he dicho que te odio. Y voy a hacerte sufrir por lo que me hiciste.

-     Escúchame John, tengo que hablarte, lo que pasó hace 3 años...

-     No pienso escucharte. Ya no creeré ni una palabra de lo que me digas. Si de verdad quieres hablar conmigo. Tendrás que encontrarme.

Ella le miró incrédula. Y él asintió.

-     Si... si quieres hablar conmigo, tendrás que encontrarme en este pueblo. Si de verdad me querías... sabrás dónde estaré.

Dicho esto, desapareció, y con ello Carol sintió una enorme pérdida en el fondo de su ser. Sentía que John la despreciaba, y ella no comprendía muy bien el porqué. Tan solo sintió un gran dolor en su cabeza y perdió el conocimiento por completo.

Capítulo 9

Fui tan estúpido al no escucharte Carol... durante tres años, me habían estado torturando... oía una voz que me decía que me habías abandonado, que te habías ido con otro, rehaciendo tu vida y siendo feliz... al principio creía que podía soportarlo. Era bueno para ti, si tú eras feliz, mi felicidad se basaría en los recuerdos que tenía de ti. Pero luego tenía tanto odio. Odio por qué no habías sido capaz de pronunciar mi nombre ni una vez. Lo que yo recuerdo era una cálida mano acariciándome la frente. Era una niña de aspecto tranquilo. Me sonreía y me venía a ver cada día. Pero yo te llamaba a ti y tú nunca acudías. Poco a poco la desesperación fue apoderándose de mí y me sentía tan solo que la niña era la única cosa que me hacía sonreír. Al menos parecía importarle a alguien, pero ella se limitaba a decir unas pocas palabras.

- Ella te odia. No te merece. Deberías vengarte. Te ha dejado tirado, peor que a un perro. Te odia John. Te odia.

Cada día lo mismo... y yo siempre lo negaba. Esperando que un día entraras por la puerta del hospital, diciendo que habías estado ocupada con algo. Que me querías...

***

Hospital

Se despertó en una camilla. Parecía que alguien la había dejado allí. Tenía agua junto a la mesilla y tomó un trago. También había un ramillete de albahaca[6], pero no tenía tiempo de fijarse en esos detalles. Miró alrededor y comprobó que no estaba sola, había alguien con ella en la habitación. Alguien que parecía un ser familiar. Habló con el viejo.

-       ¿Qué hace usted aquí? Creía que se había quedado en las afueras...

-       Vivo aquí – El viejo suspiró. - ¿Por qué no te diste media vuelta? Te dije que no le encontrarías...

-       Se equivoca... ¡Le he visto!

-       ¿A quién? ¿A los muertos?

-       Eso no...

El viejo la miró con lástima.

-       Los muertos no pueden volver. Deberías haberte ido cuando tenías la oportunidad. Ahora no podrás marcharte.

-       ¿Me está amenazando?

Se echó a reír .

---

[6] Albahaca: simboliza el aborrecimiento

- Chiquilla, no soy yo quien quiere verte muerta. Pero una vez al otro lado...

Carol tragó saliva.

- Lo dice por John, ¿verdad? Por qué él ahora me odia y quiere verme muerta...

Él negó.

- Ya te dije que una vez entraras no podrías salir...

- ¿Y usted? ¿Por qué vive aquí? Si todo es... ¿Tan extraño? ¿Por qué siempre hay niebla? ¿Por qué no se ve ni un alma por aquí? Y... ¿Por qué un perro y un camión han intentado matarme?

El viejo suspiró. Parecía cansado. Realmente cansado.

- Pequeña... tienes tantas preguntas... y yo tan poco tiempo...

Carol parecía impacientarse. Sin embargo, se mostró paciente, esperando a que le contara qué demonios pasaba... en aquel infierno. Pero al ver que no contestaba decidió volver a intentarlo.

- ¿Por qué vive en este pueblo fantasma?

El viejo sonrió apenado.

- No tengo otro lugar al que ir... supongo.

- ¿Por qué? ¿El pueblo no le deja escapar? O...

La miró. Esperando a ver qué conclusión había sacado.

-    O... algo le mantiene atado aquí... es eso... ¿Verdad? Tiene a alguien aquí... y por eso no puede irse.

-    Ojalá fuera por eso...

-    No le comprendo... explíquemelo, por favor.

-    Es que pasó hace mucho tiempo y realmente... ya casi no lo recuerdo.

-    Por favor... si me lo dice... tal vez pueda ayudarle... quizá si le ayudo a encontrar lo que está buscando, quizá pueda salir de aquí y...

-    ¿Salir de aquí? Ya te he dicho que es imposible, además... la verdad es que yo...

Una sirena empezó a sonar, parecía un tipo de alarma, era chirriante y su sonido se metía en el tímpano de tal manera que Carol creyó que le iba a explotar la cabeza. Se tapó los oídos y el viejo se levantó sobresaltado, agarrándola de las manos.

-    Deprisa joven, ¡Tienes que marcharte! ¡Busca un sitio seguro! ¡Yo les contendré!

-    ¿Pero qué?

-    ¡Deprisa no hay tiempo!

El viejo salió corriendo y Carol se levantó de golpe, mareándose "¿Cuánto tiempo habré estado inconsciente?" Miró a la mesita de noche. El tipo le había dejado una especie de bandolera con un cuchillo dentro. "Me pregunto para qué necesito eso, esto no es más que un pueblo abandonado... ¿No?" También había una linterna pequeña de color negro. Se ató la bandolera y cogió la linterna. Salió al pasillo y en el mismo instante en que cerró la puerta de la habitación, la alarma cesó.

Avanzó un poco buscando algo con lo que orientarse, cosa difícil, ya que era la primera vez que estaba allí. Intentaba encontrar algún mapa para, al menos, saber en qué planta estaba. De repente se apagaron las luces y algo entró en aquel pasillo. Carol no sabía que era, pero presentía que la iban a perseguir. Se sentía cada vez más rodeada por algo siniestro que no conseguía ver, ya que en ese pasillo apenas había luz. Probablemente, se habían fundido los plomos del edificio tiempo atrás y por las ventanas lo único que se veía era oscuridad, si es que se podía decir que se veía, puesto que todo estaba totalmente negro. Esperaba y deseaba fervientemente que no se tratara de aquel perro.

Notó algo viscoso que le tocaba la pierna y decidió salir corriendo. No podía esperar más a ver si aparecía el abuelo. Era como si la estuvieran sentenciando a muerte. Pero no se lo iba a poner fácil. El que estuviera detrás de todo aquello lo pagaría muy caro. Estaba claro que el responsable tenía prisionero a John, o eso o le habían lavado el cerebro. Porque dudaba mucho que el propio John estuviera detrás de todo eso. Tenía que haber algo más. Algo siniestro se ocultaba tras aquel pueblo aparentemente desierto. Lo viscoso empezó a rozarle y a treparle por toda la pierna, con lo que Carol se despertó del ensimismamiento y encendió la linterna. Para su horror se encontró con cientos de tentáculos viscosos que se aproximaban a toda velocidad hacia ella. Profirió un grito y salió corriendo hacia el fondo del pasillo, veía el ascensor, pero no conseguía ver unas escaleras por ninguna parte. Sabía que era inútil, "eso" la atraparía y acabaría con ella. Notaba como las ventosas se pegaban y despegaban del suelo con naturalidad y le repugnó tal sonido. Parecía que el tentáculo de la pierna lo tenía bien agarrado y no parecía querer soltarse. Subía rápidamente hacia el muslo y notaba como le apretaba con fuerza, con lo que decidió enfocarlo con la linterna. Graso error. Notó como un fuerte pellizco y le golpeó entonces con la linterna varias veces hasta que se soltó. La linterna se apagó con los golpes, aunque no parecía rota. En cuanto la luz se apagó, los tentáculos dejaron de moverse. "Genial Carol, si la hubieras apagado hace rato, esto no te habría pasado". Notaba como algo caliente le bajaba pierna abajo, podía notar el dolor y el reguero de sangre que salía de su herida "Se puede soportar". Escuchó como lo viscoso se alejaba, parecía que si ella no emitía ruidos ni encendía ninguna luz, no podría localizarla. Se preguntaba si esas criaturas eran reales o tan solo fruto de su imaginación. Le recordaba a aquellas cosas de Aliens o La Niebla, sabía que estaban acechando. La querían cazar y ahora ella era la presa. Suspiró y avanzó hacia el ascensor. Realmente no esperaba que funcionara, pero al apretar el botón la puerta se abrió lentamente. Entró sabiendo que no tenía otra alternativa. "Dios mío, dios mío... ayúdame, tengo que encontrarle... debe saberlo... él debe saberlo antes de que sea demasiado tarde..."

Capítulo 10

Ashland, Carta sobre la mesa

"Cariño ¿Qué te ha pasado? ¿Qué hemos hecho mal? Tienes que volver... te esperamos con muchas ganas, sé que volverás. Te estaremos esperando. Tienes que volver... esto es demasiado difícil..."

Capítulo 11

Hospital

El ascensor bajaba a una lentitud increíble. Carol suspiraba apoyada en la pared, cuando de repente lo viscoso empezó a bajar de nuevo y se convertía en los tentáculos. Ella se apartó horrorizada y comprobó que los tentáculos se iban uniendo al ascensor, atrapándola dentro sin escapatoria alguna, mientras bajaba a lo que ella creía el infierno. Para su horror los botones también habían desaparecido, ahora eran una capa mucosa que se iba deshaciendo con un ligero "plop". Estaba completamente a merced de aquel, o aquello, que había preparado aquel siniestro juego. Sollozó en silencio mientras intentaba no mirar, pero un chasquido la obligó a levantar la vista y observar lo que sucedía. El ascensor era completamente verde y cientos de tentáculos empezaron a subirla por el cuerpo, intentó apartarlos desesperada, intentando evitar el dolor que le producía, ya que cada viscosidad parecía una aguja clavándosele. El ascensor se detuvo, ella deseó que el ascensor siguiera bajando... y así fue. Las lágrimas se mezclaron con la sangre, pues los tentáculos la habían absorbido casi por completo... ¿Iba a desaparecer? Sintió un escalofrío, casi rindiéndose, pero cuando estaba a punto de quedar envuelta completamente, sin posibilidad de respirar, se escuchó un "clink" y las puertas se abrieron. Los tentáculos desaparecieron de ella, pero seguían enganchados en el ascensor, al acecho. Estaba atrapada, ¿Qué podía hacer? Si se movía seguro que los tentáculos volverían a por ella. Entonces una voz de una niña la sobresaltó.

- ¡Corre!

Los tentáculos saltaron de repente, directos a su cuello, por suerte, fallaron, ya que Carol se agachó y emprendió una huida tras la niña misteriosa. Salió del hospital ensangrentado, la niña la tomó de la mano mientras corrían. De repente, una luz inundó de nuevo todo, cegando a Carol. Cuando abrió los ojos, la niña seguía allí. Sonriendo, como si nada hubiera pasado.

- ¿Qué tal? ¿Cómo te llamas? – Carol no podría creer lo que oía, aunque ya empezaba a acostumbrarse a esa situación.

- Carol... ¿Y tú?

La niña se encogió de hombros, parecía que no tenía intención de decírselo. Carol prosiguió.

- ¿Qué haces aquí? ¿Te has perdido?

La niña negó y sonrió.

- Suponía que serías tú la que estarías ya muerta.

- ¿Qué? – Carol no comprendía. La niña le señaló el cuerpo del viejo estirado en el suelo. Carol corrió hacia él horrorizada. – ¡Abuelo!! ¡Despierte!

La niña siguió negando.

- No hay nada que hacer por él ya. Al fin ha decidido irse. O quizá no, volverá, seguro. Siempre vuelve.

- ¿Es que vas a quedarte ahí plantada? ¡Ve a buscar ayuda! – La niña arqueó las cejas, extrañada.

- ¿Ayuda? ¿A quién? ¿A los tentáculos viscosos?

Carol observó una fotografía que sobresalía de los pantalones del señor mayor. La cogió y vio a una pareja sonriendo junto al lago. Probablemente, eran el abuelo y su esposa. La chica tenía una cara familiar. Lo cierto es que... se parecía mucho a la niña de delante.

- Esta... ¿Eres tú? – la niña se encogió de hombros. – Dime que está pasando aquí.

- Creo que no. Deberías saberlo tu misma. Probablemente, John se canse de esperarte y por fin del permiso.

- ¿Qué? ¿De qué hablas?

La niña se rio y a Carol se le pusieron los pelos de punta.

- Si no te das prisa, te matarán. Pero si quieres yo puedo ayudarte. Yo podría hacerte las cosas más fáciles.

- Pero...

- ¿Qué me dices? Podrías saberlo todo... si te unes a mí...- la niña le entregó la mano, mientras la sonreía inocentemente.

- ¡No! – una voz les interrumpió y todo se volvió blanco de nuevo. Carol sentía como si la hubiesen flasheado y cuando pudo volver a ver, la niña había desaparecido. En su lugar, el perro tiroteado apareció. Carol supo que no tendría más opción que acabar con él, ya que alrededor solo había oscuridad y no creía que tendría tanta suerte como la primera vez. Sacó el cuchillo de la bandolera y miró al perro desafiante. Ya no notaba el dolor de la pierna ni del resto de su cuerpo, los pinchazos casi no le dolían, y pensó que aún le vendrían muchos más cortes, heridas y sufrimiento.

El perro se abalanzó sin miramientos sobre ella. Carol lo esquivó rodando contra la izquierda. John apareció entre las sombras, mirándola.

- Mal hecho.

- ¿Eh? – Carol se giró y vio que estando en el suelo sería más difícil esquivar al perro. Efectivamente, este se lanzó sobre ella, Carol gritó y se cubrió la cara con los brazos, tirando el cuchillo. El perro la mordió en la oreja, pero ella consiguió apartarlo y correr hacia el cuchillo. John iba hablando de lejos, ya que se iba marchando.

- Si de verdad tienes algo que decirme será mejor que tè espabiles o ese perro se llevará tus secretos a la tumba. Mi perro.

A Carol le entraron ganas de llorar, pero su vida estaba en juego. Le dolía y sangraba la pierna, le dolía y sangraba la oreja, probablemente le había arrancado un cacho, y su amor la odiaba sin darle ni siquiera una oportunidad...

Arremetió contra el perro, corriendo hacia él, descargando toda su ira. El perro gimió y ella siguió apuñalándolo hasta que vio que ya no jadeaba. Que la sangre cubría casi todo su cuerpo. Se sentía repugnante.

Lloró desconsolada, acariciando los restos del pobre canino. Sabía que aquel perro había sido bueno una vez, y sabía que, por alguna razón, algo le había hecho cambiar de parecer, pero, aun así, no se rendiría. Se quitó la pequeña chaquetilla que llevaba. Haber ido a aquel lugar con tan solo una chaquetilla, una camiseta de tirantes y unos pantalones cortos había sido, sin duda, una mala idea. Bebió un trago de agua y volvió a guardar la botellita en la bandolera. Necesitaba comer algo... si no quería terminar volviéndose loca.

La luz volvió a aparecer, si es que se podía llamar luz a la niebla que envolvía todo el sitio. Delante parecía que nada hubiera cambiado, el cuerpo inerte del viejo seguía en el mismo punto, con la fotografía. Carol recordó que llevaba la suya encima y la sacó, comparándolas. Lo cierto es que la foto era idéntica. Tan solo cambiaban las personas retratadas. ¿Acaso la historia se estaba repitiendo? Sollozó.

-        Anciano… no sé qué te tenía atado aquí, pero… prometo que lo averiguaré y conseguiré que descanses en paz.

En ese mismo momento la foto del abuelo se deshizo en sus manos, convirtiéndose en ceniza, y su foto se convirtió en un tono sepia, como si fuera una foto muy antigua.

Carol suspiró y trató de recordar el día en que John y ella se hicieron la foto junto al lago, para ver si podía acordarse de algo que se le hubiera pasado por alto.

Capítulo 12

14 de agosto de 2002, lago

- John... ¿Estás seguro de que hacemos bien?

- No te preocupes. – él la llevaba de la mano. – Tan solo son las afueras, nadie nos perseguirá. Este lago es precioso, ¿Nos hacemos la foto y nos vamos vale? Mira qué paisaje...

Carol pensaba que debía estar bromeando. Después de la traumática experiencia que había vivido en aquel lúgubre lugar, le sorprendía estar caminando alrededor del lago, disfrutando de aquel hermoso paisaje, sin reflexionar sobre lo que ocurrió. Lo cierto es que ella no quería volver, pero John la convenció diciendo que tenían que superar sus miedos, y que lo harían juntos. Si volvían allí, podrían demostrar que, tal vez, lo que les pasó no era más que una sombra del pasado, un recuerdo tenebroso que no merecía la pena recordar.

Seguro que le pasa a mucha gente, todos vivimos momentos que preferimos olvidar, y, sin embargo, este momento siempre vuelve a ti, nublándote los pensamientos, para que no puedas ser feliz. Este tipo de recuerdos siempre aparecerán cuando seas más feliz y más quieras olvidarlos. A veces cuesta mucho salir adelante, sobre todo si estás solo. Pero si tienes a alguien que te entienda, te comprenda, y sobre todo, que te quiera, entonces es, tal vez, una oportunidad de conseguir hacer desaparecer ese miedo y esa angustia causada por un dolor pasado, que, de todas formas, no se puede cambiar. Porque si algo tiene el pasado es que es imposible de cambiar. Desgraciadamente. Pero se puede aprender de los errores. Carol y John se tenían el uno al otro y aprendían continuamente, juntos, mejorando con el paso de los días, las semanas, los años... Y por fin, en un atisbo de valor, la había llevado de vuelta a aquel lugar, para demostrarle que no iba a ocurrir nada malo ni peligroso. Todo seguía cubierto de niebla, como la última vez que lo recordaba. Excepto que esta vez no parecía que nadie los estuviera vigilando. John colocó la cámara sobre una roca "la misma en la que estaba el viejo cuando llegué..." y corrió hacia Carol, abrazándola.

-      ¡Sonríe!!!!

La cámara hizo la foto y los dos salieron de allí sin ningún percance. "Qué extraño... juraría que me dejo algo..."

-      John espera un momento, me he dejado la mochila, ve tirando.

-      ¿Seguro que no quieres que te acompañe?- Carol sonrió, ya no tenía miedo. Él también asintió.- Te espero aquí.

Cuando Carol volvió, se encontró a un viejo pescando en el sitio donde momentos antes ellos se habían echado la foto. El viejo la miró y sonrió.

-      ¿Es tuyo esto jovencita?

Carol asintió agradecida, y mientras cogía su mochila, el viejo prosiguió la charla.

-       Ten cuidado, deberías irte de aquí. Este sitio es peligroso.

-       Gracias, señor, solo hemos venido a hacernos una foto de recuerdo. El lago es precioso.

El viejo sonrió.

-       Sin duda alguna. Pero a veces, la cosa más preciosa del mundo puede tornarse la más peligrosa y oscura. Nada es lo que parece, al igual que la más bella rosa oculta, la más peligrosa de las espinas.

John apareció entre los arbustos.

-       ¿Qué haces? – Saludó al anciano cuando le vio y cogió a Carol de la mano, alejándola del lugar. – Gracias, señor, ya nos íbamos, perdone si le molestábamos mientras pescaba.

El anciano carraspeó.

-       Tened cuidado al volver. Y conservad bien esa foto, yo también me hice una con mi mujer...

Capítulo 13

Frente al Hospital, día ¿? agosto 2007

- Claro... Ahora lo recuerdo...

Miró de nuevo el cuerpo del anciano y este también se deshizo, convirtiéndose en ceniza, al igual que la foto. "Debía de ser el mismo... pero entonces... ¿Qué significa? Recuerdo que, tras hacernos la foto, pasamos por una joyería, vimos unos collares en forma de corazón y nos los compramos. Pusimos una foto dentro del otro y nos declaramos a la luz de las estrellas... ¿Por qué tuvo que romperse todo el encanto?"

Una música empezó a sonar, se sobresaltó y miró hacia el lugar de donde provenía el sonido, como siempre, tan solo vio niebla. Esa canción le sonaba. Era Gloomy Sunday. Domingo lúgubre. ¿Por qué sonaba esa canción ahora? Había oído cientos de leyendas acerca de esa canción, como que cuando el compositor se la tocó en el piano a su mujer, esta se suicidó tras oírla. O que cuando la pusieron en la radio, con letra, la gente empezó a suicidarse tirándose por la ventana. No creía en esas cosas. Aunque tampoco pensaba que aquel sitio estuviera encantado y ahora no estaba muy segura. Siempre había considerado que el mundo estaba lleno de luz y que realmente la oscuridad no existía. Y ahora se daba cuenta de que la oscuridad estaba en todas partes, especialmente en el corazón de las personas, donde, si iba incrementando, se podría volver increíblemente peligrosa... Volvió a sentir miedo. Un sentimiento de tristeza se apoderó de ella, quitándole el hambre. Algo la impulsaba a ir a aquel lugar. A escuchar esa canción más de cerca. La estaba embriagando...

Comenzó a caminar sin rumbo, como hipnotizada por la canción. Llegó a un café, la música parecía proceder de allí. El sitio era realmente viejo, estaba cubierto de cenizas, polvo y escombros. Alrededor de la entrada y las ventanas había pequeños montículos de cenizas, como si anteriormente se hubiera tratado de algo vivo...

Entró y las mesas estaban cubiertas de polvo. Parecía haber también unas dalias[7], pero claro, eso era imposible, puesto que estaba abandonado... Unas sombras rodeaban todo, como si hubiese alguna presencia. Quizá fueran fantasmas...

El tocadiscos dejó de sonar y un foco iluminó el bar, cegando a Carol por un momento. Cuando abrió los ojos, el local estaba lleno de gente, en el centro había una mujer cantando la canción de Gloomy Sunday. Carol se estremeció. Parecía que nadie la veía. Como si ella no estuviera allí. Sin embargo, allí estaba. Observó a la gente, moviendo la mano frente a la cara de ellos, pero, efectivamente, no parecían verla. Todos miraban embelesados a la muchacha que cantaba. Movida por la curiosidad, siguió escuchando, realmente esa canción empezaba a deprimirla. Miró alrededor y vio a un chico mirando fijamente a la

---

[7] Dalia: simboliza la inestabilidad, el desorden, el impulso y la pasión

cantante. Se acercó a él y vio que se parecía mucho al anciano. Al mismo anciano que había visto muerto hacía apenas unos minutos. Al mismo chico joven de la fotografía. Era como si lo estuviera viendo todo en una película. La chica acabó de cantar y se dirigió hacia el joven solitario. Tendiéndole la mano.

- Hoy lo haremos. ¿Estás preparado?

El joven asintió, se levantó y la besó. Entonces los dos se dirigieron hacia arriba. Carol los siguió. Y, para su asombro, también lo hicieron los demás que estaban en el café. El tocadiscos empezó a sonar de nuevo, con la misma canción. Carol volvió a sentir su corazón palpitándole. ¿Qué le estaba pasando? Era como si todos fueran zombis. Se seguían sin brillo en los ojos, como si hubieran perdido la esperanza... como... como ella se sentía en aquel momento. Incluso sus heridas parecían haber cesado de doler, como si ya nada más importara... tan solo... seguir la canción...

Llegaron a la azotea y vio que la gente empezaba a saltar, a tirarse... a... suicidarse. Fue entonces cuando reaccionó. Aquello no podía estar pasando. ¿Por qué iban a querer matarse? ¿Solo por una canción triste? ¡Era absurdo!

- ¡No! ¿Qué hacéis????

¿Habría sido realmente por el efecto de aquella canción? Vio que la pareja sonreía mientras miraban como todos se iban despeñando. Carol se estremeció. Sabía que no podían oírla, pero seguía gritando para que pararan. Entonces los dos se cogieron de la mano, mirando al vacío.

-       ¿Pero qué hacéis? ¿No veis que tenéis toda una vida por delante?

La chica saltó, pero él no. Él se quedó mirando cómo caía mientras ella gritaba de horror, al darse cuenta de que su amado no se había lanzado con ella.

El chico se giró, mirando a Carol directamente. Le dijo:

-       Yo todavía no estaba listo.

Carol tragó saliva. El chico se acercó hacia ella. Sin duda alguna parecía hablarle, pero entonces algo la atravesó, la niña que vio antes en el hospital.

-       Has hecho bien. – Tenía una voz maligna, como de niña traviesa, que quiere hacer daño. – Tú querías conservarla para siempre así. ¿No? – el chico joven asintió. – Así será. La tendrás para siempre en eterna juventud. Y podrás admirar su belleza cada día. Sin que se marchite nunca.

El joven empezó a llorar de repente.

-       Me siento mal... - la niña asintió.

-       Deberías, pero ya sabes cuál era el trato. Quien algo quiere algo le cuesta... y ese era el trato. Pero ha faltado alguien. Sabes que falta alguien.

El chico asintió y de repente se convirtió en el anciano, mirando a Carol directamente.

-     Falta una persona.

Carol miró alrededor, comprobando si se dirigía a ella en esa ocasión. La niña también seguía allí. Observando.

-     Han pasado muchos años.

-     ¿Qué?- Carol dio un paso hacia atrás, pero vio que no había fondo, si seguía hacia atrás, caería, como habían hecho todos los demás.

-     Faltaba una persona. Una sola para que yo pueda tener a mi querida Belle, joven y hermosa para siempre.

-     ¿Qué quieres decir?

-     ¿No te das cuenta? He esperado mucho tiempo a que viniera una chica para poder hacer el sacrificio final.

La niña reía y Carol no daba crédito a sus oídos.

-     ¿Es que se ha vuelto loco? ¿Piensa seguirle el juego?

El viejo sonrió, acercándose.

-     Sé que tienes miedo, pero todo irá bien. De todas maneras, tu amor quiere verte muerta, y yo quiero conservar la mía. Pero para eso necesito que ella tome tu cuerpo. Para poder estar juntos para siempre...

-     ¿Pero qué dice? ¡Belle está muerta!

-      ¿Acaso no lo está John? Y tú sigues insistiendo
en que está vivo... Pues yo haré lo mismo, haré que
Belle se quede en tu cuerpo... y estará joven y
hermosa por siempre. Viviremos felices aquí, ya nada
podrá separarnos...

Un ataúd apareció en medio, con una hermosa
mujer dentro, la cantante que había muerto,
completamente joven y radiante, como si estuviera
dormida, esperando... esperando para poder renacer
y dejar de soñar eternamente...

-      ¿Qué dice? ¡Está loco!

La niña no paraba de reír, levantó la mano y todo
se convirtió en los tentáculos viscosos de nuevo, luego,
empezaron a prenderse fuego, emitiendo un terrible
gemido. La mujer del ataúd también comenzó a arder,
y se irguió, gritando de dolor y tendiéndole las manos
al anciano.

-      Lucha, ¡Lucha por tu vida! – la niña gritaba. El
viejo se abalanzó corriendo sobre Carol.

-      ¡No! – Ella se apartó y el viejo se precipitó hacia
el vacío...

Pero Carol le sujetó de la mano, con todas sus
fuerzas, para que no cayera. Ya no había suelo, sino
un mar de llamas. El anciano la miraba perplejo,
mientras unas lágrimas caían sobre su rostro.

-      ¿Por qué?

- ¿Por qué... qué?- preguntó Carol, haciendo un gran esfuerzo, costaba respirar y para que engañarse, estaba agotada.

- ¿Por qué me has sujetado?

- Usted también me salvó.

- Yo ya estoy muerto pequeña, déjame ir...

- ¡No! Usted puede ayudarme, lo sé.

- Yo ya no puedo hacer nada más, déjame ir por favor... He cometido demasiado pecados... dejé que Belle muriera... y no fui capaz de acompañarla en su letargo... era, y he sido, demasiado cobarde para ello... pero he matado a mucha gente solo por volver a verla... y nunca le parecían suficientes...

La niña se había marchado, entre risas.

- Sé que usted no es malvado. Ya nos conocíamos... ¿Lo ha olvidado?- Carol sentía que no podía más, si el anciano no ponía de su parte, pronto se le resbalaría y caería a las llamas del infierno. –Nos conocimos hace algunos años. John y yo nos hicimos la misma foto que usted y su mujer se hicieron. – El viejo sollozaba. – Usted nos dejó marchar sin hacernos daño, porque es una buena persona. No importa lo que ocurriera en el pasado. Aún puede redimirse.

- No... yo ya no...

- ¿Por qué dejó que se tirara?

- El diablo... el diablo me dijo que conseguiríamos huir del fuego... pero me engañó. Todo estaba en llamas... era inútil. Solo podía salvarnos si les mataba a todos. Me prometió que me devolvería a Belle, eterna y joven, y que podríamos huir juntos...

El viejo se le resbaló un poco.

- ¡Sujétese! ¡Deprisa! – Pero él prosiguió su charla.

- No te dejes engañar, a John también le ha engañado, seguro que él te quiere. Yo lo hice todo por ella...

- ¡Nooooo!!!!

El viejo se dejó caer y antes de caer a las llamas se convirtió en ceniza. Carol lloró desconsolada. Sentía que todo lo que había avanzado acababa de desaparecer. Oyó unos pasos tras de sí. Se giró y vio a la niña riendo de nuevo.

- Pobre estúpido. El amor no es más que una ilusión. Si John te quisiera no buscaría tu muerte, ¿No crees?

- ¡Cállate! ¡Tú eres la causante de todo esto!

- ¿Por qué? ¿Por ofrecer nuevas y genuinas vidas? Yo considero que ofrezco mucho más que ese mundo maligno de verdad. En mi mundo, pueden ser felices, si me recompensan como es debido, claro...

- ¡Eres muy cruel!

-    Y tú muy repetitiva. Piénsalo bien. ¿Qué hay allí de dónde vienes? Solo hay dolor, sufrimiento... tristeza. No es tan diferente de este lugar. Quizá aquí no haya sol, pero hay la misma oscuridad que allí. La gente es malvada, egoístas. Solo piensan en ellos mismos y en satisfacer sus propios deseos.

-    ¡Eso no es verdad!

-    ¿Ah no? ¿Cuándo fue la última vez que llamaste a tu madre? ¿O fuiste a ver a tus padres? ¿Cuándo fue la última vez que no pensaste en ti misma? ¿Qué le preguntaste a alguien si se encontraba bien? ¿Si necesitaba tu ayuda?

-    Eso...

-    ¿Lo ves? Sois todos iguales. Lo único en lo que pensáis es en vosotros mismos y vuestro ego es lo que os pierde. Incluso dicen que los niños son inocentes cuando no es cierto. Incluso en la niñez se es malvado. Se ríen de los que son diferentes y no dudan en pegar por el placer de hacerlo, porque se quieren sentir mejor.

Carol no sabía qué decir. Estaba estupefacta. Y si... ¿Y si tenía razón? Ella no había pensado en nadie más que no fuera ella misma en estos últimos tres años, en su dolor, porque John no estaba con ella. No había sido capaz de decirle a su madre que estaba bien, y que le estaba agradecida por todo el apoyo que le estaba dando. Lo único en lo que había pensado era... en ella.

-    ¿No dices nada?

Tragó saliva y la cría siguió:

- ¿Es duro acaso? ¿Me equivoco? Tengo muchísimo más que decir si no me crees.

- Te... te creo...- la niña arqueó las cejas. – Pero... pero sé que hay bondad en el mundo... aunque yo no forme parte de ello...

- ¡Ja! ¿Bondad? Por eso la gente gira la cara cuando ve a un vagabundo en el suelo, por eso todos dan una oportunidad al desconocido que pide ayuda. La gente es egoísta y disfruta haciendo daño.

- ¡Pero no todo el mundo es igual!

- Si lo son. Sois todos iguales. Ya te lo he dicho. Incluso el más pequeño quiere que todos le presten atención, incluso si para eso tiene que fingir que está llorando. Y en cuanto se crece, la mezquindad es mucho peor. Ya no hay nadie en quien confiar. Cuando menos te lo esperas te traicionan. Fíjate en el viejo. Ella se tiró, suponiendo que él haría lo mismo e ilusa, creía que tendrían una vida mejor después. Pero él no se lanzó. Se limitó a mirar cómo se tiraba ella.

- Pero... eso fue porque tenía miedo... todos tenemos miedo.

- ¿Miedo? – Se echó a reír de nuevo, y la señaló, como culpándola de todo, de que... la humanidad fuera un asco.- ¿De qué deberías tener miedo? Si se supone que hay bondad en el mundo... ¿Por qué se construyen armas? ¿Por qué hay militares, ejércitos, y se preparan para las guerras? ¿Por qué si son todos amigos?

- De... defensa... - se le estaba haciendo un nudo en la garganta. ¿Qué podía decirle si todo lo que contaba era cierto?

- Defensa... miedo... de nuevo te lo digo. ¿De qué? Yo te lo diré. De vosotros mismos. Tenéis un lado tan oscuro, que no podéis ni confiar en vuestra propia sombra, porque ella misma os acuchillaría. Ni siquiera sois capaces de comprender a los que no son de vuestra propia especie. Los animales solo cazan por supervivencia, todos los seres viven en completa armonía... menos vosotros. Que despreciáis a los que son diferentes. Quizá por el color de piel, por el rasgo de los ojos, por lo que sea. Siempre criticando y sin dar oportunidades. Os sentís poderosos ante el sufrimiento ajeno. Cuando alguien se cae, uno se ríe. Porque siente superior, ese se ha caído y ha hecho el ridículo, todos se han reído de él, yo también lo haré.

- Pero... siempre hay cosas buenas... hay gente desinteresada que te ayudaría solo por qué...

- Para sentirse mejor con ellos mismos. Nadie hace nada desinteresado. Eso tenlo por seguro. No creo que ni hoy en día, ni en todos los años que he vivido, haya habido una sola persona que se haya preocupado por alguien más que por su ego. Y si ese alguien hubiese existido, probablemente hubiese muerto enseguida, apaleado por su propia raza, por ser diferente.

Carol se sentía desesperanzada y algo desesperada, las heridas le dolían cada vez más, sobre todo las heridas de su corazón.

-    No tienes razón. Sé que hay personas buenas. Y sé que hay amor y bondad en el mundo. Aunque la gente se equivoque y sea egoísta. ¡Siempre pueden cambiar y aprender!

-    ¡Ja, ja, ja, ja, ja, ja! ¿Por eso John ha intentado matarte? ¿Por qué está aprendiendo de sus errores?

-    ¡Cállate! ¡Eso no es asunto tuyo!

-    Claro que lo es. Yo fui quien le abrió los ojos. Ese estúpido creía en ti. Pero ya no.

-    ¡Cállate!

-    ¿Te duele? ¿Sufres? De nuevo solo piensas en tus propios sentimientos...

Carol se tapó los oídos, pero seguía escuchándola.

-    Podrías vengarte. Eso os gusta. La venganza es un plato que se sirve frío. Pero más vale tarde que nunca. ¿Por qué no te vengas de él? ¿De que haya intentado matarte?

El fuego empezaba a subir por los edificios, trepando sin piedad, rodeándolo todo, sin escapatoria. El calor era insoportable, desde luego si aquello no era el infierno, podría ser algo muy parecido. De entre las chispas saltó un trozo de hierro, alargado, suficiente grande como para poder usarlo de arma. Carol lo cogió, sabiendo que estaría ardiendo, pero sin dudarlo arremetió contra la niña. No quería oír nada más. Estaba cansada y quería acabar con ella antes de que empezara a perder la cabeza. Esta la golpeó con sus uñas, que se habían transformado en una especie de garra gigante. Carol gritó, sufriendo por las quemaduras del hierro, más que por el dolor que sentía. Se sentía humillada, había estado jugando con ella, al igual que hizo con el anciano, aprovechándose de la debilidad del joven. Seguro que le había lavado el cerebro, y probablemente había hecho lo mismo con John, y eso era algo que no iba a permitir. Las llamas lo rodearon todo y Carol decidió correr contra ella, lanzándose con todas sus fuerzas para lanzarla edificio abajo y que las llamas lo cubrieran todo. La niña, antes de caer, profirió un grito, cogiendo a Carol del cuello y arrebatándole el collar en forma de corazón.

Carol sintió que se asfixiaba y perdió, una vez más, el conocimiento.

Capítulo 14

31 de julio 2004, Ashland

Carol sentía que iba a ser un día especial, pero desde hacía algún tiempo se encontraba un poco mal. No sabía a qué podía ser debido, pero tampoco le dio importancia. John había quedado con ella porque decía que tenía que hablar urgentemente sobre algo. Al principio la inquietó, pero pensó que si hubiera sido tan urgente se lo habría dicho por teléfono. Se puso un vestido blanco con flores azules que John le había regalado por su cumpleaños. Él apareció en su coche, para buscarla, sonriendo como siempre. Aparcaron en su lugar favorito, la carretera abandonada que daba al pueblo, siempre a una distancia prudencial. Él bajó del coche. El cielo estaba estrellado y había luna llena. Besó a Carol y le dijo que estaba preciosa. Entonces se arrodilló. Carol tragó saliva. Aquello no podía estar sucediendo. Sonrió nerviosa. John temblaba.

- Carol Lionel...

- John...

- Calla, déjame hacer. – Sonrió y los dos se tranquilizaron un poco. John abrió una cajita con dos anillos dorados en su interior. - ¿Quieres casarte conmigo?

- Somos muy jóvenes John. – Carol se ruborizó, él pareció ponerse nervioso de nuevo.

-      ¿No?

-      ...- tragó saliva. – Nuestros padres no lo permitirán...

-      ¡A la porra nuestros padres! – los dos sonrieron y ella le asintió. Él se levantó de un salto y la besó, abrazándola tan fuerte que creía que la ahogaría. Luego se pusieron los anillos, se miraron fijamente y se prometieron amor eterno mientras hacían el amor bajo las estrellas.

Capítulo 15

Poco a poco el encantador sueño se difuminó para dar paso a una imagen conocida, la niña, de nuevo, le tendía los brazos sonriendo.

-   No importa que no quieras escucharme... Te lo mostraré...

Parecía que estuviera viendo una película, omnipresente, controlando todos los momentos del lugar. Sin duda se encontraba en el mismo sitio. Era el poblado oscuro, solo que con gente y... sol. Vio corretear a un muchacho, debía tener unos 16 o 17 años, pelo corto, castaño, ojos oscuros y cuerpo delgaducho. Lo conoció en el mismo momento en que pasó por delante de ella, era el abuelo, pero ahora era un chico, el mismo que había visto caer al amor de su vida sin hacer nada por impedirlo. Iba vestido con traje antiguo, camisa a rayas desgastada, chaleco de pana raído, pantalones también de pana e incluso con boina incluida. Iba pensativo y se paró delante del mismo bar, contemplándolo. Antes de que pudiera entrar, un tipo alto y fornido le puso la mano en el hombro.

-   Sabes que es imposible. Ella nunca se fijará en ti bobalicón. Además, está prometida.

El chico no dijo nada y se marchó de allí. Iba cabizbajo y se metió las manos en los bolsillos. Murmuró algo inteligible y se marchó. De repente se hizo de noche, Carol imaginó que estaba yendo al grano. El chico llevaba unas margaritas [8] que probablemente había robado de algún pobre jardín. Estaban medio secas, pero aún se podía discernir un poco de belleza en ellas. Las flores tenían una vida corta, corta pero hermosa, como la de las personas.

El gorila había desaparecido, se oían unas risas en el fondo del callejón, probablemente el hombre estaría distraído un buen rato. Al poco se abrió la puerta del bar y salió una chica realmente hermosa. Era alta, rubia y debía tener la melena larga, casi hasta la cintura, aunque en esta ocasión llevaba el pelo recogido en un elegante moño. Tenía los ojos azules y los labios carnosos. Tenía un lunar al lado del ojo derecho, la hacía parecer aún más atractiva. Llevaba un vestido de noche largo, blanco, como el que llevaría cualquier mujer que cantara en un club de ese tipo. Su cuerpo se marcaba y tenía muy buena figura, además de unos pechos prominentes. Carol también la reconoció. Debía ser Belle, la mujer que unos años más tarde acabaría con su vida de un modo peculiar. Llevaba una chaqueta de piel medio abierta, tan solo para resguardarla de la brisa de la noche. Suspiró y sacó un cigarrillo. Empezó a fumar y entonces notó la presencia del chico. Él parecía sonrojado y la miraba tímidamente. Ella le echó el humo en la cara y se rio cuando él tosió, pensó que probablemente no había probado un porro en su vida. Él le tendió las flores sin articular palabra y ella las contempló pensativa, hasta que al final le preguntó si eran para ella. El chico

---

[8] Margarita: simboliza la infancia y la inocencia, la esperanza en el amor puro.

asintió y ella las cogió con cuidado, luego le tendió el cigarro para que lo probara. Él negó y entonces ella le agarró del mentón, mirándolo fijamente, él parecía como en un sueño, por fin ella se había fijado en él. Había dejado de ser invisible, pero lo que no se esperaba era lo que pasó después. Ella le besó apasionadamente, dejando entrever como se juntaban sus lenguas mientras tomaban aire para respirar. El chico casi parecía ahogarse. Probablemente, era la primera vez que le daban un beso, y además con esas características. Cuando pararon el chico cogió el cigarro y se lo fumó sin toser. Ella le tomó de la mano y se lo llevó dentro. Carol los siguió y vio que se dirigían al desván. Belle se desnudó y mostró sus secretos al chico. Lo tumbó en un sofá y Carol se giró.

-     Es suficiente...

La escena cambió y se encontraban en un lago, estaba claro que se trataba del lago. Carol creía que por aquella época aquello estaría repleto de gente, pero tan solo estaban Belle y el chico, aunque esta vez se le veía un poco más crecido. Alrededor había amarilis, campanudas [9] y fucsias [10] rodeando a la pareja. Estaban haciéndose una foto, exactamente igual a la que tenían Carol y John, y también la foto que ella había visto desaparecer en sus manos. Ambos sonreían y parecían muy felices, Carol no cesaba de preguntarse qué demonios había salido mal. Extendieron una manta y se sentaron. Parecían estar

---

[9] Amarilis y campanudas: simbolizan la coquetería

[10] Fucsia: simboliza la fragilidad

de pícnic. Carol se sentó al lado de ellos y los escuchó atentamente.

-      Llevo contigo mucho tiempo y aún no me has dicho tu nombre.- Belle le sonreía afablemente.

-      No necesitas saberlo.

-      Claro que sí. Soy 10 años mayor que tú. Así que tienes que obedecerme. – él sonrió.

-      Dijiste que dejarías a tu marido y llevamos 3 años juntos. Cuando seas solo mía... entonces te lo diré.

Ella se quedó callada y la escena cambió radicalmente. Se encontraban en la azotea del edificio. El chico era ahora todo un hombre. Belle seguía igual de hermosa, pero se le empezaban a notar los años. Ambos estaban serios, aunque él más bien parecía furioso.

-      Estoy harto de que esos babosos te estén persiguiendo todo el día.

-      Soy cantante, ya sabes lo que conlleva. Además, no eres mi marido.

-      Como si lo fuera.

-      Deberías buscarte una esposa de verdad, no alguien como yo.

-      No digas estupideces.

Ella le giró la cara y él le cogió la mano.

-      Dime que te hicieron esos cerdos.

-      No es nada.

-      Acabaré con ellos, ya sé cómo hacerlo, ella me lo ha dicho. Además, podré conservarte para siempre. Solo tienes que hacer lo que yo te diga. Y podremos estar juntos. Nadie nos molestará, por fin podremos ser felices.

Carol sintió pena. Seguro que "ella" era la misma niña. Le habría contado mentiras para matarlos a todos. Para conseguir más adeptos...

La siguiente escena era la que ya había presenciado. Todos saltando, incluida Belle. De nuevo, él la miraba, sin saltar. A su lado había una sombra que le susurraba.

-      Ella ya no te quería, recuperaremos a la antigua Belle, la que cogió el ramo de flores y te hizo un hombre... y podréis estar juntos para siempre. Como antes... pero recuerda... debes conseguir a alguien que la sustituya... para que pueda tomar su cuerpo... y estaréis juntos... tal y como queríais... ella te obedecerá en todo... y siempre te querrá... no volverá con su marido por las noches...

Sin embargo, Carol sabía que todo aquello era mentira. Sabía que probablemente Belle se hubiera divorciado y se habría casado con él. Que podrían haber tenido una magnífica vida juntos. Pero ella fue traicionada, al igual que él.

Capítulo 16

Ya llevaba varios días ingresado, aunque nunca vi a ninguna enfermera, tan solo venía aquella niña endemoniada, y, tras un período de tiempo, apareció un abuelo. Era muy amable y me reconfortaba con sus visitas. Me explicaba el tiempo que hacía, sus hobbies... y que cuando saliera del hospital, me presentaría a su mujer. Pero... el tiempo fue pasando... y a medida que eso sucedía... el amor por su mujer parecía cambiar. Primero me decía que Belle, que era el nombre de su esposa, era la mejor cantante del mundo, pero que se suicidó de sobredosis y nunca supo la razón. Otro día, dijo que a Belle la habían matado. Y al cabo de un tiempo, me dijo que él mismo se había deshecho de ella, pero que esperaba que volviera... "Ella" le había prometido que así sería, pero que para eso necesitaba a otra mujer. Yo no comprendía lo que quería decir. Ahora lo sé muy bien y me arrepiento. Yo le hablé de ti... Carol... de lo especial y maravillosa que eras... y de cómo me habías abandonado allí. Él me dijo que podría solucionarlo. Después de todo, Belle también le había traicionado. Pero si yo te traía aquí... y... te dejaba a su merced... él podría recuperar a su esposa. Entiéndeme. Yo estaba equivocado... creía que ya no me amabas y solo buscaba venganza... qué equivocado estaba... y cuando te vi... estabas igual de hermosa... pero parecía que ni siquiera te acordabas de mí... y cogí tanto odio que tan solo quería destruirte... y acepté la propuesta del viejo... y él sonrió.

Capítulo 17

Callejón, Día ¿? agosto 2007

Carol tosió mientras intentaba levantarse. Sentía que ya no tenía fuerzas para nada. El fuego había desaparecido y no había ni rastro de la niña. Se levantó. Ahora era ella la que tenía ganas de suicidarse. Pero no sin haber hablado con John. Él debía saberlo. Debía decírselo cuanto antes. Comenzó a andar sin rumbo. Las heridas le dolían tanto como su propio corazón. Debía haber perdido mucha sangre, ya que se sentía mareada. Encontró una botella de agua en el suelo y decidió bebérsela. Ya no tenía sentido estar pasando sed y sufriendo si estaba claro que no pensaba dejarla marchar con vida. Aun así, debía intentarlo. Tal vez si volvía al hospital podría curarse las heridas. Se estremeció. Allí estaba el tentáculo viscoso. ¿Habría otra solución? Realmente se sentía morir. Necesitaba que la atendiera algún médico cuanto antes. Pero era una locura. Es cierto que el anciano estaba allí, pero tan solo era un alma errante. Aunque... ¿Por qué podía haberlo tocado si se supone que era un fantasma? Ahora no importaba. Quizá hubiera algún médico allí. Después de todo, ya nada parecía tener sentido.

Alguien le tiró una pelota.

-    ¡Au!

Se giró y vio a 3 jóvenes riéndose.

-       ¡Carol! ¡Ven a jugar!

-       ¿Qué?

-       ¡Vamos!

Los chicos salieron corriendo y ella sentía que las opciones se le estaban acabando. Llegó a un parque. Desde ahí se podía ver el lago. Claro, el lago, qué estúpida había sido. John estaba al otro lado. Probablemente, la estaba esperando en el lago, dónde se hicieron la foto, o en la carretera, dónde se besaron cientos de veces... Entonces recordó el mirador que había en el centro del lago. Siempre habían querido ir allí. "Pero qué tonta soy... si hubiera ido allí directamente...". La pelota volvió a golpearla y ella se giró enfadada. Todo parecía tan... surrealista.

-       ¡Eh! ¿Pero qué creéis que hacéis?

Los niños se reían.

-       ¡Carol gallina!

-       Vosotros...

Aquellos niños... sin duda alguna ya los conocía. Pero... no podía ser... Había pasado demasiado tiempo...

-       ¡Carol! ¿Qué haces? ¿Vienes a jugar o no? Hemos atado al perro del nuevo...

-       ¿Qué?- Parecía que para ellos no había pasado el tiempo, tenían la misma edad que entonces. Parecía como si nada hubiera pasado. Carol los miró detenidamente. Les habían dado por desaparecidos, pero... parecía que en realidad no habían podido escapar del pueblo... pero... ¿Por qué? ¿Tal vez el pueblo los había castigado? ¿Por eso no pudieron escapar? No... eso no tenía sentido. Si el pueblo realmente estuviera maldito y solo castigara a los que se lo merecen, no le haría esto a ella... ¿O sí?

Los niños la agarraron mientras sonreían, pero Carol sintió un escalofrío. Estaba dolorida y ellos la apretaban.

- Parad... soltadme por favor...

- ¡No! ¡Vamos a jugar!

De repente, uno de los chicos empezó a escupir sangre. Él la soltó, pero los otros dos no. El niño se puso enfrente de ellos, empezó a incorporarse, tendiéndole la mano llena de sangre a Carol mientras tosía.

- ¿Qué es esto Carol? ¿Qué me pasa?

El niño empezó a descomponerse, era una visión horrible. Carol gritó, intentando soltarse, sin embargo, de pronto, ya no la sujetaban dos niños, sino dos monstruos horrendos, de color verde oscuro, con líquido que les resbalaba por todo el cuerpo, si es que se podía llamar cuerpo a eso, y con unos tentáculos recorriéndoles lo que antiguamente hubieran sido sus manos y pies. Carol creyó que iba a vomitar. El niño que se descomponía se seguía acercando, mientras ella intentaba huir sin éxito. Era como si se estuviera convirtiendo en ceniza... como... si lo hubieran quemado vivo.

- Carol... ¿Es que no piensas ayudarme?

Poco a poco su cabeza también se empezó a deshacer, y lo último que desapareció fue su boca, mientras articulaba aquellas últimas palabras.

A Carol le empezaron a arder los brazos, los monstruos que la sujetaban también empezaron a deshacerse, pero ellos, mientras se convertían en ceniza, ardían. Quemaban a Carol con el calor que despedían, ella misma creía que se desharía en ceniza junto a ellos, pero poco a poco la fuerza de los tentáculos fue disminuyendo, y la dejaron ir, mientras los niños retomaban su figura de nuevo. Lloraban sangre mezclada con ceniza, y a su alrededor también había fuego. Carol tomaba aire mientras de nuevo las llamas lo inundaban todo. ¿Qué demonios pasaba en ese lugar? ¿Es que el fuego no iba a dejar de perseguirla?

- Vosotros también ardisteis... ¿Verdad? ¿O fue el pueblo quien os consumió? ¿El pueblo os castigó por hacerle eso al perro?

Uno de los niños ya estaba completamente reducido a ceniza y el fuego se había extendido en ellas, mientras que el otro tan solo ardía, parecía que su sufrimiento nunca iba a tener fin.

- Nosotros... ella... ella nos engañó. No te fíes de ella, Carol. Tienes que escapar. ¡Tienes que irte de aquí! ¡Nosotros no queríamos haceros daño! Ni a ti ni a John...

-       ¡Cállate!

De repente una mano surgió de entre las llamas y le aplastó, como si fuera una mosca. Lo que antes fue un niño ahora no era más que una mota de polvo que el fuego levantaba. De entre las cenizas volvió a salir la niña a la que Carol creía haber tirado edificio abajo... la que se suponía que había caído al fuego... La niña sonreía y le seguía tendiendo la mano.

-       Vamos Carol... no les creas. Yo soy la única que puede ayudarte. Nadie más en este pueblo lo hará. Todos están consumidos por las tinieblas. Todos. Incluido John...

-       ¡No! – Carol se levantó, con todas sus heridas sangrando de nuevo. Además, al ver aparecer la niña, la quemadura de la mano se acentuó, como si la estuviera castigando por haber cogido la barra de hierro para intentar matarla.- ¡Jamás confiaré en ti! ¡Yo confío en John!

La niña se reía con más fuerza. El fuego giraba en torno a ella y de repente el fuego desapareció con un golpe de viento y de niebla, envolviéndolas poco a poco. Carol se irguió, con los puños en alto.

-       No te tengo miedo. Recuperaré a John. Nada impedirá que hable con él.

-       Adelante, habla, si es que él quiere escucharte.

La niebla desapareció, enseñando una pequeña zona clareada en medio del lago, lo que parecía una pequeña isleta. Había una barca con la que se podía llegar. La niña se lo señaló mientras seguía riendo. Realmente parecía el diablo. ¿Lo sería? ¿Sería ella la que había engañado a ese viejo? "¿Y si de verdad ha engañado a John? No... no debo dejarme vencer... seguro que son alucinaciones por las heridas, seguro que ni siquiera es real... debo... debo encontrar a John..."

Capítulo 18

Lago

Carol avanzó hacia la barcaza sin tan siquiera mirar atrás, no sabía si la niña, el diablo, o lo que fuera aquella cosa, la seguiría, o si estaba detrás de ella, pero lo que era seguro es que si realmente hubiera querido deshacerse de ella lo podría haber hecho desde el principio. Probablemente, no lo había hecho porque disfrutaba con el sufrimiento ajeno. Carol se sentía morir, sentía que ya no podía más con su alma, pero estaba decidida a hablar con John y contarle toda la verdad. Él debía saberlo, y... si aun así él quería acabar con ella... entonces... Aquello sería el fin.

Empezó a remar y creyó que en cualquier momento saldría un monstruo y se la comería. Que pondría fin a su sufrimiento. Pero llegó a la isleta sin ningún percance. El agua del lago estaba turbia y no se podía ver el fondo, pero, por lo demás, estaba tranquilo. La niebla lo envolvía todo. La niebla y el silencio. Amarró la barca y subió unas pequeñas escaleras. La niebla se despejaba a cada paso que daba. Hasta que pudo vislumbrar un pequeño mirador. Alrededor no había nada más, tan solo el lago silencioso. Se acercó un poco más y entonces la niebla desapareció. Dejando ver una silueta apoyada en el marco del mirador, mirando hacia el lago. Ella avanzó dudosa y tragó saliva. No había pasado por tanto para acobardarse ahora. No cuando estaba tan cerca. Cuando habló, su voz apenas fue perceptible.

-    ¿John?

Carraspeó y habló en un tono más firme y alto.

-    John...

La figura se giró y se dejó ver con claridad. Era John. Llevaba la misma ropa que tres años atrás. Estaba igual, igual que antes del... suceso. Se acercó hacia ella y no parecía el John violento de antes, sino el de entonces. La abrazó. Carol no podía creérselo. Tal vez todo fuera una pesadilla. Cerró los ojos y le abrazó con fuerza. Las lágrimas empezaron a brotar y entonces ya no pudo parar. Antes de que ella articulara una palabra, él lo hizo.

-    Has tardado mucho.

Él la estrechó y la besó con dulzura. Como si no hubiera sucedido nada. Como si no hubiera sido más que una pesadilla. Entonces él se separó y ella abrió los ojos. Y entonces vio un destello de odio en su mirada.

-    John... déjame explicártelo. Por favor, he pasado por mucho.

-    Yo también.

-    Pero me prometiste que si vivía me escucharías.

-     Se prometen muchas cosas, ¿Verdad? No sé si te suena... En la salud y en la enfermedad... Y tú me abandonaste.

-     No... por favor... escúchame. ¡Tan solo escúchame! ¡Dame una oportunidad y te lo explicaré todo!

-     Está bien. Empieza.

Carol suspiró aliviada y le agarró las manos.

-     Aquella noche...

Capítulo 19

14 de agosto, 2004

-      ¡¡Carol!!

-      ¿Es que no ves que no quiero saber nada más de ti? ¡¡Olvídame para siempre!! No quiero...

14 de agosto, 2004, 3 horas antes.

-      No me encuentro bien, John. No me apetece salir, de verdad...

Carol corrió hacia el lavabo. Hacía dos semanas que se habían casado. Sus familias les habían dejado de lado. Se habían prometido a sí mismos que nada ni nadie se lo impediría. No hubo celebración. Tan solo la ceremonia para ellos dos. No les importaba, se tenían el uno al otro. Pero desde hacía algunos meses Carol se encontraba mal por las mañanas. Había tenido un día muy duro y tenía algo importante que decirle a John. Pero aquel día quería descansar. Ya habría tiempo para decírselo. No pasaba nada porque se esperara un poco más. No creía que fueran buenas noticias, pero tampoco creía que fueran malas. Las cosas podrían ponerse peor. "Mucho peor... Si lo hubiera sabido..."

Aquella noche era la que mejor se verían las estrellas, San Lorenzo era el día 12, por lo que las estrellas fugaces caían en su plenitud el día 14 de agosto. Cada año iban a verlas y John estaba emperrado por mucho que a ella no le apeteciera. Así que salieron.

14 de agosto de 2004, 30 minutos antes

- No hace falta que pongas morros. Llevas unos días con una cara muy larga cariño. ¿Me vas a decir que te pasa?

- Ya te he dicho que hoy no me apetecía salir.

- Pero si te encanta ver las estrellas. – John le puso el brazo detrás de su espalda para poder abrazarla, pero ella se separó. Entonces él se empezó a enfadar. "Fui tan estúpida. Si se lo hubiera contado... nos hemos perdido tantas cosas..." – A ver, ¿Qué te pasa ahora? ¿También te molesta que te abrace?

- Pues sí. Hace calor, déjame ya.

- Soy tu marido, se supone que es lo que debemos hacer. Estar abrazaditos y juntos. – Se acercó para besarla y ella le separó de nuevo.

- No seas pesado por dios. Ya te he dicho que me encuentro fatal.

- Vale ya ¿No? Me estás hartando.

- ¡Tú sí que me estás hartando a mí!

- ¿Qué? – John no daba crédito a lo que oía. ¿Qué habría hecho para enfadarla tanto?

- Estoy cansada. Todos se han separado de nosotros. Nuestra familia, nuestros padres… ¡Estamos solos!

- ¿Y qué? Nos tenemos el uno al otro.

- ¿Es que no lo entiendes? ¡No podemos hacer nada solos! ¡Solo tenemos 19 años! Yo ahora…

- ¿¡Entender el que!? ¡Parece que lamentes estar casada conmigo!

Carol iba a bajarse del coche, pero John la sujetó y…

Capítulo 20

- El resto ya lo conoces.

John suspiró, no entendía muy bien lo que había pasado. No le aclaraba nada de lo sucedido. Así que antes de cabrearse más, decidió que seguiría escuchándola. A ver si realmente decía la verdad, después de todo, hubo un tiempo en el que su amor fue sincero.

- Dime Carol...

- John... de verdad... no sabes cuánto lamento lo que te dije... yo...

- Dime qué pasó después.

- ¿Cuando... cuando te atropelló el camión?

John asintió. Su cara volvía a ser impasible. Como si de nuevo hubiera rencor y odio.

- Cuando... cuando te vi allí tendido... oh dios... - Carol empezó a sollozar. – Pensé... pensé que te había perdido para siempre. Corrí hacia ti. No te movías. Te tomé el pulso, pero no supe encontrarlo. Estaba demasiado nerviosa y...

- Shh...- John le tapó la boca con los dedos.- Escucha. Yo te llamé. Te estuve llamando y tú te alejaste con el coche.

-   John... ¡De verdad! ¡Perdóname! ¡Fui en busca de ayuda! ¡No hablabas cuando me fui!

-   ¡Mientes!

John la empujó. La niña volvió a salir de entre la niebla con una voz siniestra y cruel. Se acercó a John y le abrazó.

-   Eso es John... no dejes que te engañe. Esa pequeña furcia te abandonó... Te quedaste solo...

John se tapaba los oídos. No quería escuchar. Estaba harto. Harto y cansado.

-   ¡No! ¡John escúchame! ¡Cuándo volví tú...!

-   ¡Cállate!

La niña seguía en su empeño y empezó a empujar a Carol, tirándola escalerillas abajo, pegándola patadas, haciéndola sufrir. Carol no se defendía. Ya no se sentía con fuerzas para nada. Si John no la creía nada merecía la pena. Todo su esfuerzo había sido en vano.

-   Vamos John. ¡Acaba con ella! ¡Tal y como hizo contigo!!!

-   Yo...

-   ¡John! ¡Por favor, escúchame! ¡Yo volví a buscarte! ¡Volví!!

- ¡Calla zorra!!! – la niña la levantó con una fuerza sobrenatural y la tiró hacia el lago.

Carol no tenía fuerzas para nadar, se sentía exhausta. El aire se le acababa y notaba como se iba hundiendo cada vez más y más…

"John… te quiero…"

***

Cuando te vi caer… Cuando vi tu sangre dispersarse por el lago… cuando estaba a punto de perderte de nuevo… de no verte sonreír nunca más, fue cuando me di cuenta de tu comportamiento extraño. Qué estúpido había sido. Claro que me querías… Habías vuelto allí por mí, la niña me había lavado el cerebro… tú eras lo más importante en mi vida… lo que le daba sentido… la chica de la que me enamoré desde el primer instante… qué tonto había sido… si habías vuelto y pasado por todo lo que te hice pasar, era porque realmente te importaba. Tú siempre habías estado allí. Siempre habíamos sido dos… te quería… te quiero… tal vez… y sí tal vez… aquel día… estabas enfadada porque…

***

Cuando a Carol se le estaba acabando el aire, algo la agarró. Una mano firme y fuerte. Una mano cálida. Una mano conocida. La de John.

Oía voces. Él la besó, pero no la estaba besando. Le pasaba aire, pero ella no lo necesitaba. Si él la había salvado es que todavía quedaba un atisbo de esperanza. No iba a rendirse tan fácilmente, ya no. Merecía la pena luchar otra vez, pero había una voz muy enfadada.

- ¿Pero qué has hecho? ¿Es que no ves todo lo que te hizo?

- ¡Cállate! ¡Ella ha venido hasta aquí! ¡Y tú dijiste que no lo haría! ¡Y mírala!

La niña parecía enfurecida.

- Cuando ella se alejó... ¡¿Quién se encargó de cuidarte?! ¡Yo te encontré tirado, medio muerto en la carretera! ¡Porque te había abandonado John! ¡Estás solo! ¡Ella te engañó!

- ¡No!!!! – John la agarró del cuello y apretó con fuerza. – ¡Tú me repetías cada día cosas horribles! ¡Sé que ella me quiere!

Carol murmuró unas palabras que dieron a John la fuerza suficiente para dejar a la niña, al diablo, o lo que fuera, sin fuerzas.

- Te quiero...

Tiró a la niña a un lado y abrazó a Carol, llorando él también.

- Perdóname cariño... ella... ella me repetía cada día que...

-     Shh...- ahora era Carol la que le tapaba los labios con los dedos. – No digas nada John... yo te quiero... y eso basta.

- Yo también te quiero Carol. Perdóname.

-     ¿Os creéis que las cosas os van a salir siempre bien?- la niña se había levantado y sus manos volvían a ser garras enormes. Corriendo hacia John, descargando toda su ira.

-     ¡No!!! – Carol se incorporó y empujó a John con todas sus fuerzas. Entonces notó algo duro y afilado en su cuerpo. Y de nuevo una sensación de abatimiento. Se miró la barriga y pudo ver que ella le había atravesado. Ella la había vencido...

La niña reía.

-     Ahí la tienes John. ¡Tuya para siempre! – La niña desapareció como una sombra, tragada por la niebla, que empezaba a envolverlo todo de nuevo. John estaba petrificado. ¿Qué demonios acababa de pasar?

-     John...- Carol escupió sangre.

-     No... no hables... esto no es real Carol... esto... ¡Esto no puede estar pasando!!!

-     John...- Él la besó, mientras la abrazaba con fuerza y se llenaba de su sangre. – Escúchame...

-     No hables... iré... ¡Iré en busca de ayuda!

-      John...- volvió a escupir sangre. – Sabes que no vendrá nadie... escucha... antes de...

Él la besó de nuevo.

-      ¡No! ¡Cállate, te sacaré de aquí! – la cogió en brazos. La niebla se disipaba y un claro empezaba a aparecer, incluso el lago había desaparecido. Se encontraban en la carretera donde empezó todo.

-      John... yo... siempre te he querido.

-      Lo sé... ¡Lo sé! Por favor... no hables como si...

-      Tengo... tengo que decírtelo... escúchame... - Carol notaba como sus fuerzas la abandonaban, aunque podía ver la carretera donde todo había comenzado y... acabado. Debía darse prisa antes de que las fuerzas la abandonaran... - John... aquel día... hace 3 años... debía decirte algo muy... importante.

-      Shh....

-      Escucha... yo...

-      No... no... ¡Calla! Me lo dirás cuando lleguemos a casa...

-      Estaba embarazada...- John la sujetó con más fuerza y volvió a besarla. Entre lágrimas. – Se... se llama Jane... es... Es igual que tú... Cuídala... por favor...

Carol dejó de hablar y John la miró, incrédulo.

-	¡Carol! ¡No! ¡Carol!!!!!- volvió a besarla. Pero sabía que era inútil. Era inútil. Cayó de rodillas sin soltarla y sintió como el mundo se le derrumbaba encima.

John abrió los ojos y vio que alguien le miraba fijamente. Eran unos ojos grises, igual que los de su madre. Se intentó incorporar, pero vio que estaba sin fuerzas, miró alrededor y la niña salió corriendo.

- ¡Es papi! ¡Papi ha abierto los ojos!!!

Reconoció a la figura que entró por la puerta. Se trataba de la madre de Carol.

- ¡Oh, dios mío John! ¡Por fin! – cogió a la niña para que le diera un beso y ella misma estalló en lágrimas. – Es tu hija... se llama...

- Jane... - John sonrió y la abrazó con fuerza. La madre estaba estupefacta, pero no dijo nada. La niña sonreía. Era la primera vez que veía a su padre despierto.

- ¿Recuerdas... lo que pasó? ¬John negó. No estaba seguro en ese momento. – Has estado 3 años en coma... -John la miró fijamente. Interrumpiéndola.

- ¿Dónde está Carol?

La madre apartó la mirada y le señaló hacia su derecha. Jane le habló.

- Está durmiendo... igual que papi...

John no podía dar crédito a lo que oía y veía. Allí estaba Carol... su querida Carol...

- Qué... ¿Qué ha pasado?

- No lo sé... hace unos días la encontramos así en su casa... en la vuestra quiero decir. Carol te ha sido fiel John, durante todo este tiempo venía cada día a verte. Esperando que despertaras... pero... ahora ella está en coma... igual que tú antes... no... no sé qué ha pasado... Estaba bien y de repente nos la encontramos así...

La mujer estalló en lágrimas y abandonó la habitación con Jane para que John pudiera ver a Carol.

- Carol... amor mío...

Se levantó y la acarició.

- Tú... viniste a salvarme...

Sollozó, cogiéndola de la mano.

- Prometo que cuidaré de Jane. De ella y de ti. Yo también te esperaré. Siempre te estaré esperando.

Soy muy fan de Silent hill y me inspiré en los juegos y la película al escribirlo, pero todo es idea mía, espero que no penséis que he copiado algo y si os ha parecido demasiado similar, lo lamento mucho. La historia tiene lugar en Ashland, que se encuentra cerca de Centralia, en Pensilvania, USA. Me pareció adecuado, ya que allí sucedió una desgracia, así que sería posible que las almas estuvieran por ahí... ¿Verdad? Además, debido a los gases, parece que el pueblo esté envuelto en una constante neblina, así que si queréis situar la historia allí, perfecto, y si no, recordad que tan solo es ficción, lo importante es haber disfrutado (¡espero que sí!!).

Gracias por haber leído al otro lado. Espero que lo recomendéis sin dudarlo. Si tenéis dudas, preguntas o simplemente estáis aburridos, contactad conmigo en

alotrolado.mb@gmail.com

• Podéis visitar el blog para estar al corriente de las novedades: http://meritxellbaz.blogspot.com.es/

• Estad atentos también a mi página en Amazon

https://amazon.com/author/meritxellbaz

• Si quieres poder leer más escritos, poesía y demás, sin tener que esperar años a que lo edite en un libro, únete a mi patreon www.patreon.com/meritxellbaz

De nuevo, gracias por tener este ejemplar en tus manos o en tu ebook. Nos vemos en los siguientes libros ^^ ¡Hay otras historias en proyecto!

Agradecimientos

Quiero agradecer a mi familia, especialmente a mis padres, todo el apoyo que me han dado. Gracias por estar ahí. Os quiero muchísimo. A mi hermano y mi cuñada, por leer conmigo los pasajes que no me terminaban de convencer. Gracias a mi amiga Silvia, por hacerse mi fan tras leer el boceto de la novela. A mi Sensei, por decir que se le había hecho corto y quería más. A mi profesor David Owen por darme la valentía suficiente a publicar "al otro lado" sin ti quizá nunca me hubiera atrevido, gracias de corazón. A Ramón Cerdá, otro escritor que me ha ayudado a publicarlo y a solventar algunas de mis dudas, te deseo lo mejor y que tengas mucho éxito. (¡A leer sus novelas!!!). A mis compañeros de japo, a mis alumn@s y mis vecin@s, que siempre me animaban y me decían que querían leerlo, pues aquí lo tenéis. Gracias también a mi amigo Victor por hacer la portada, sé que llegarás lejos y espero poder contar contigo para mis futuras creaciones. Y finalmente, pero no por eso menos importante, a ti, mi querido Raul, gracias por aguantarme constantemente. Te dedico esta historia porque haces que crea en el amor. Te quiero.

Y, por supuesto, gracias a mis mecenas, que me
apoyan en patreon ^^

Mecenas

Valenbaz

Maloni gaming

JM Wolf

Jessshou

Vy Pham

LODHINE: EN OTRA VIDA

Lodhine es un pueblo costero tranquilo y pacífico, en el que la vida no podría resultar más aburrida, especialmente para unos adolescentes. Sin embargo, una vez al año tiene lugar un eclipse solar durante tres días que ha hecho famoso al lugar. Kylie es una chica normal y corriente que de repente adquiere el poder de controlar el agua cuando cumple 16 años. Lewis, a su vez, le sucede lo mismo, pero con el fuego. De repente, ambos son absorbidos por el eclipse y acaban en un Lodhine completamente diferente. En aquel lugar, descubren que tienen una vida muy distinta. ¿Será todo un sueño? ¿Conseguirán volver a casa? ¿Podrán ser capaces de aprender a usar sus poderes?

AL OTRO LADO 2

Richard por fin está en su época dorada. Es el mejor cirujano plástico de Ashland, vive en la mejor zona de la ciudad, tiene una familia que le quiere y está rodeado de buenos amigos. Sin embargo, Richard no está seguro de estar viviendo en esa vida tan idílica o si todo es un sueño. Un día, sus recuerdos se entremezclan y se encuentra en el pueblo de su infancia, donde conoció a su mujer, Catherine. Allí empezará a rememorar los acontecimientos de su vida que le han llevado de vuelta a su pueblo natal. Pero… no todo será tan fácil, ya que se dice que ese lugar está maldito y sus peores pesadillas se harán realidad una y otra vez. ¿Qué es la realidad y qué es solo fruto de sus recuerdos? Richard deberá enfrentarse a sus peores miedos si quiere encontrar la respuesta que busca. Un viaje sin vuelta atrás. Un viaje por sus más oscuros secretos. Un viaje, al otro lado. Después de todo, la familia es lo primero…

LAS PUERTAS MÁGICAS

Jaqueline descubre en su castillo una sala oculta. Allí, encuentra cuatro puertas que la transportaran hasta mundos desconocidos en los que vivirá diferentes aventuras que la marcarán para siempre. Aprenderá acerca de la vida y las experiencias que se pueden tener si te dejas llevar. ¿Y tú? ¿Te atreves a abrir alguna de las puertas mágicas? ¿O te quedarás encerrado en tu castillo para siempre?

EL DRAGÓN Y EL FÉNIX

Existen fábulas perdidas por los inmensos recónditos que esconde el universo. Esta es la historia que nos cuenta la leyenda del fénix y el dragón. El dragón que se creía una carpa incapaz de volar. El fénix que encontró al dragón y le intentaba mostrar que no era una carpa. Una fábula que trata sobre las inseguridades que pueden hacerte perder la noción de tu propia verdad, y, como gracias a la amistad, puedes volver a recuperar la confianza que habías perdido. ¿Y tú? ¿Seguirás siendo una carpa? ¿O tendrás la valentía de evolucionar y ser un dragón?

www.ingramcontent.com/pod-product-compliance
Lightning Source LLC
LaVergne TN
LVHW090152180726
843489LV00006B/1999